作 4

陳志樺

目錄

第四序

陳志樺

究竟，第四書了。

第三書《其短》自暴之後，逢亂世發瘟，冥冥中文明有軌跡，究竟昭然？第四書收集近作《大夜蕭條》與《遮打道上神功戲》，臆想未來，充當回應。另整理舞蹈文本《失物待領》，故事玩物喪志，迷離得失，三個本三種風景，形神契合，趕在這世代的奇點，留下塗鴉，納為《究竟》。

究竟一「到那天，潮退之時，我們就清楚看見，誰沒有穿褲子。」

《大夜蕭條》背景是下一次大蕭條，未來耆英、沉溺回憶與幻想，快餐店有人死、有人求死、有人死而復生，無疑是個「喜劇」。2019 年初秋上演時，社會煙雨淒迷，劇院內外，多重宇宙好很魔幻，共通之處，原來很多人、都沒穿褲子。《大》日譯難度很高，感謝 Indi（陳韻怡）接受這項挑戰，還有 Momoko（緒方桃子）的寶貴意見，造就了文化交流的美麗伏筆。尤其感謝余翰廷，沒有他邀請和關照，《大》不會存在。

究竟二「多年後的盂蘭節，神功戲仍在演，席間沒人，只有一隻鬼，半隻鳥。」

《遮打道上神功戲》是個短篇，有鬼。從來鬼比人善良，我一直是鬼故迷，卻未認真寫過。《遮》像扶乩、帶科幻、濃懷舊：久違的地道、語境、儀軌、粵劇。後來朋友點醒，劇目或改《女鬼今次仆街鳥》，應更傳神，待續史詩長篇，等鬼來寫。與《大》情況雷同，2020 年疫情令劇院禁足，尚能顯化的演出，都是奇蹟，感謝胡海輝的邀請，《遮》有份亮相，與有榮焉。

究竟三「那日，大叔自膠袋取出一顆悸動的心臟，丟入路軌……」

《失物待領》在 2010 至 2014 幾年間，走過香港、廣州、澳門及北京國家劇院小劇場，伙拍本地、台灣、瑞典舞者，幾個演出版本、都自成一格。相對第三書《牆四十四》第二章，《失》台詞幾乎退場，集現代舞、物件、投影、意象、形體及即興場面，文本徘徊描寫與留白，有不少取捨。過程中，突襲了當年伙伴王榮祿，回溯編舞動機，屈他寫下創作點滴，無言感激，我也補充編導觀點，雖然依稀，期望添加《失》的可讀性與可演性。舞蹈於寫作，畢竟，似有糾結宿世前緣，至少，她教懂我言簡意賅、聆聽、尊重。

未來，意味著虛擬世代、高速淘汰、創作的重新定義……終歸，編劇與司機的命運一樣，逐漸消失，被人工智能取代。當訊息、橋段、人物、故事、技巧都成為了數碼／數據，所謂編劇究竟「編」甚麼？若你知道，請好好守著。

是次《究竟》，有幸再得陳國慧及國際演藝評論家協會（香港分會）擔任出版人及編務支援，倍感安心。全靠香港藝術發展局一直資助，推動劇作流傳，尤其第四書，有緣看過演出的觀眾不多，出版對我有非凡意義，特此感謝局方及相關評審。最後，衷心感激 Grace（潘藹婷），一直包容，虛懷若谷，把幾本書都用心照顧，還有《究竟》的設計、校對各位，還有鍥而不捨的編劇們，祝願平安、圓滿。

7

關於《大夜蕭條》的一些文字

余翰廷

一個未來不知名的年代，

一群被遺棄的人類，

一個服務生，

一個愚蠢的自動吸塵機，

一個提供新鮮但不同口味人奶的美女機械人……

看似詭異的空間，

絮絮重複的說話，

激烈澎湃的行為動作，

撕心裂肺的內心嚎叫，

幾塊狼吞人肉的人肉，

一首橫空降落的尺八……

這一切一切彷彿都在這個劇本中，寫成了文字，變成了對白，但他們又懸浮在紙張之上，像音符一般在空氣中縈繞，有時你會感覺到他們的存在，也有時你會發現他們只是一堆聲響，一段節奏，催動著甚麼似的……這，《大夜蕭條》，了。

《大夜蕭條》的製作為「劇場工作室」帶來了衝擊，至今還未消散；換了一個角度看事物，換了一種劇場的呈現，換了一種表現形式，也換了很多很多……原來發現，只要相信，就可以向前行……

我們都在……大夜裡

我們都在……蕭條中

我們都等待著……會出現的……

余翰廷

畢業於香港演藝學院戲劇學院導演系。1998
年創辦劇場工作室,為其中一個獲香港藝術
發展局資助的香港專業劇團。憑劇場工作室
《夜鷹妖魅》奪得第二十二屆香港舞台劇獎
最佳劇本,並曾獲第六屆及第二十五屆香港
舞台劇獎最佳男配角(喜劇／鬧劇)。

2012 年創立 DG 黑盒劇場,創作多個黑盒劇
目,其中《我們都在努力生活》獲提名第九
屆香港小劇場獎最佳劇本,《期限》一劇更
獲第四屆北京國際女性戲劇節邀請為開幕劇
目。

我與 Mann 哥（陳志樺）的邂逅

胡海輝

　　認識 Mann 哥接近三十年了，九十年代初我還是黃毛小伙子，糊里糊塗參與了一個業餘劇社，竟然被委以重任擔任一個演出的監製，演出由兩位編劇以運動為主題，各自撰寫了幾個不同短劇於一晚演出，其中一位編劇便是 Mann 哥。那時經驗實在太淺，不懂推廣宣傳，以致演出票房很糟，每場觀眾寥寥可數，令我覺得很愧疚，甚至發誓不再當監製了，以免貽誤各方。

　　那次教訓很慘痛，不過對 Mann 哥的創作卻念念不忘。已不記得是否因為這演出，我特地去上環文娛中心看他為香港理工大學學生會劇社編導的一齣戲，劇情、劇名等已忘掉，不過劇中那股濃烈的頹廢淒美氣息，事隔多年仍殘存心中。一直覺得 Mann 哥的創作別樹一幟，在寫實說故事的主流外另闢蹊徑，震懾人心的意象，簡短凝鍊的台詞，配合上述那種令人窒息的氛圍，是本地劇壇一股獨特的清流。

　　我早兩年想探討「一國兩制，五十年不變」這議題，想起曾經邀請不同編劇以 1967 年為主題各寫一齣短劇，讓觀眾看到不同編劇如何回應同一主題。1967 年與 2047 年都是對香港影響深遠的年份，順理成章便想再次邀請不同編劇以 2047 年為主題各寫一齣短劇。三十多年前與 Mann 哥那次合作後，便沒緣份再聚，早兩年香港藝術發展局委任他作我劇團的常駐藝評員，終於有機會再見。當我想邀請不同編劇寫 2047 年這主題，自然想到 Mann 哥。

　　讀過《遮打道上神功戲》初稿後，心想：「很本土！很 Mann 哥！」這是地地道道一個生於斯、長於斯的香港仔，給這地方一闋纏綿悱惻的哀歌。只可惜因為疫情，當時演出只能以錄播形式見觀眾，更唏噓的是自 Mann 哥完稿（2020 年初）、我們演出至今，很多人說香港倏忽跳至 2047 年，這刻重讀《遮打道上神功戲》，劇中那條只剩下女鬼與落泊神祇的遮打道，那份荒涼教人心寒。

這陣子很多人說要趁著歷史消失前，盡量留下紀錄。舞台劇本對某時某地也是重要的見證，慶幸 Mann 哥把他的創作整理出版，對本地劇壇，或者香港整體而言，也是一個十分珍貴的紀錄。

胡海輝

先後畢業於香港中文大學（主修英文）及香港演藝學院戲劇學院（主修導演），2008 年獲英國倫敦大學中央戲劇及語言學院碩士，同年夏天獲亞洲文化協會基金獎學金前往美國考察研究。現為一條褲製作藝術總監，策劃、翻譯、創作及導演不同製作；亦為康樂及文化事務署藝術節小組委員、香港學校戲劇節首席評判及香港藝術發展局審批員，並為不同大專擔任兼職講師。2017 年底獲民政事務局局長嘉許計劃嘉許，表揚他在香港推動紀錄劇場的貢獻。

失物待領——序

王榮祿

失物待領——是與 Mann 的第二次合作。

　　他先生產主題關於「失去」的文本，裡面有角色有台詞，但一開始我們則選擇以身體和動作為本，可是又先放下以舞蹈編排來說故事的方法，反由掏空舞者身體的律動習慣，加入超乎想像的動物模仿，或演繹或創造某種情境的表演，不斷刺激我們去思考表演中的狀態和經驗，以至角色的身體律動展現方式。這是一次我們很有企圖地在文本的架構中，尋找身體產生動作和舞蹈語言的方式。有了身體律動的素材後，我們才在舞蹈和戲劇中找指涉主題的編排。

　　主題是「失去」也聯繫到「消失」，分成七段因應角色如失物待領處員工、老人、男人、女人、少女／女子等，凝視生命中那些因一時的大意、忘情、迷惘、執著、命運等等，所面對「失去」或「消失」的無奈及啟迪。這又是一次與 Mann 難忘的合作，重點不是我們又完成了一個原創的舞蹈劇場作品，而是他讓我從中看到，去掉舞蹈眩目技藝展現出的人性化，作品如何在我們的社會語境中，有力地預示生活在城中人的迷障與困頓。他的文本中沒有尋找答案或出路的意圖，只是極力描繪這些角色生活在這社會的樣子，投入在那些角色的故事創造，已經是我一趟個人的修行，也是每次與 Mann 合作的最大得著。

王榮祿

出生於馬來西亞，1989 年移居香港。

2002 年，與周金毅成立不加鎖舞踊館。

2002 年迄今獲香港藝術發展局委任為舞蹈界別之藝術顧問，並獲頒「2014 香港藝術發展獎」舞蹈界別的藝術家年獎。

12

大夜蕭條

關於未來、逃遁、儀式

角色

快餐店唯一員工
耆英（狂）　常客，男性，狂躁暴戾，嚴重肥腫似異形
耆英（夢）　常客，女性，行動不便，與三輪車相依為命，車上載滿瓶裝牛奶
耆英（毛）　常客，中性，陰謀論者，防疫裝束、呼吸器、身掛氧氣機
耆英（靛）　新客，女性，外表優雅，自稱貴族血統、靛藍色血
財經 KOL　　　　　　（財）
Venus（AI 人工智能）　（V）
CEO　　　　　　　　（CEO）
CEO 女兒　　　　　　（女）
YouTuber　　　　　　（Y）
YouTuber 老公　　　　（公）
青年　　　　　　　　（青）
少女　　　　　　　　（少）
公司守護者
冰人
吸塵機械人

分場

14

發生在大蕭條時期（*2040-2050*）

一夜、快餐店內，唯一員工與幾個菁英的廢話、回憶、幻想

● ●

第一場　快餐店

音樂入
菁英身影，來回晃動
快餐店員工的幻想、演說

員　　（口號式）最後一條草，砸死隻駱駝！

　　　一隻大駱駝！有三個胸！唔係！三個峰！係大駱駝！好大！一味狗大！

　　　國際化！全球化！
　　　後國際化！後全球化！
　　　後後國際化！後後全球化！後後後化化化！

　　　開三萬間分店！宇宙最強！
　　　三萬零一、北極！
　　　三萬零二、月球！
　　　三萬零三，大蕭條！——卜！爆咗！死唔斷氣！

　　　黑天鵝！灰犀牛！最後一條草，砸死隻駱駝！
　　　哈哈哈！動物大逃亡，大遷徙！

　　　（踩著地上的吸塵機械人）

　　　德國科技、日本加工、法國設計、越南製造。
　　　全球化「人工低能」垃圾！
　　　見倒街坊掉頭走，見倒「西人」係咁撞（動作）——
　　　狗公！賣國賊！
　　　阻住個地球轉！——

　　　（教訓菁英、一口氣罵完）你呢班老坑、寄生蟲、喪屍、死人、社會嘅

包袱、用完嘅避孕袋！生人霸死地、終日狗噏，不事生產，瀨屎瀨尿，阻住做生意！

（燈轉）

時近黃昏
城中；一間小商場內的連鎖快餐店

大蕭條時期（2040-2050）
場面凋零、冷清、天窗餘暉
殘舊古怪「吸塵機械人」在地上移動著

快餐店廣播：模糊不清，語言不明

室外異常高溫、快餐店冷氣不足，酷熱
幾個「菁英」各自霸佔著椅子

唯一員工在默默清潔

狂　　（向員工）係咪人嚟㗎！

　　　　係咪人嚟㗎你！

員　　……一粒塵都冇係咪？

夢　　坐一陣啦，得唔得先！

毛　　出面四十幾度！謀殺咩！

員　　唔該借借……一粒塵都冇係咪？……

狂　係咪人呀你！

　　係咪人呀！

　　大蕭條呀！你呢間爛鬼快餐店、有冇企業良心？有冇社會承擔？

　　（員工避走）

夢　係囉，坐你一個位，又冇瀨屎瀨尿。

狂　你呀！千祈咪坐埋嚟，你啲老嘢味，好難頂！

夢　（聞自己）我係 vegan，做咗七次微創，冇味……淨係膠味。

毛　係陰謀！

狂　成日「陰毛」，唔厭咩你！

毛　大蕭條，目的就係要滅絕我哋。

夢　劫數難逃呀！劫數條數點計？一劫幾多年呀？——

毛　咪嘈！（眼光光）——上緊——小劫 1679 萬 8 千年、中劫 3 億 3596 萬年、大劫 13 億 4384 萬年。

夢　等咁耐？等到尿急喎。

狂　我個腎、膀胱、仲有條「前列腺」都係 made in 瑞士！保用 30 年。

毛　裡面有晶片。

狂　　唔怪得，成日窒吓窒吓。

毛　　你已經被監控。

狂　　仆街！

夢　　今日熱死咗幾多個？

毛　　（上網狀）死咗 11 個……預計午夜前 11 點 59 分會死 21 個半。

夢　　又話人類可以控制天氣。

狂　　控條撚！

毛　　你條撚有晶片。

夢　　我以前諗，人定勝天，得閒整兩嚿雲，擋住太陽，另一邊落雪，又有流星飛過，我同埋愛人，手牽手，無人駕駛嘅綠色古董小甲蟲，奔向 17 色嘅彩虹。

狂　　（笑）車震。

夢　　車震已經成為歷史。

狂　　（笑）出面啲輻射，皮膚癌呀！曬到你對波都溶埋。

夢　　我呢對波，係永久保用。

毛　　（搖頭）係一個大陰謀。

（眾咯咯大笑）
（員工又過來，欲言又止，又繼續工作）
（眾又開始罵他）

狂　　係咪人呀你？

夢　　冷氣咁弱雞，拍烏蠅！

毛　　邊有烏蠅？佢哋殺晒啲烏蠅，係大屠殺！

夢　　啲空氣加咗料。

毛　　啲空氣有納米機械人、聞聞吓你就上癮。

　夢　　心思思，唔嚟唔安樂。

毛　　啲奶有大麻，飲咗戒唔甩！

狂　　你呢隻死人股，跌淨兩毫子，輪到我仆街！

夢　　邊個話「快餐股」冇得輸？

毛　　財經佬都係契弟！

狂　　輪到我仆街，呢度免費食三世都補唔返，條數點計先？

員　　有冇塵先？有冇塵呀？一粒塵都冇。

　　　（頓）

狂　　（向員工）驗血！

夢　　（向員工）驗血！

毛　　（向員工）驗血！

　　　（員工避走）

夢　　我等緊「安樂死」，排緊期。

毛　　排幾耐？

夢　　3 年零 87 日。

毛　　等唔等倒？

夢　　我會盡力；吊住條命。

毛　　你 keep 得幾好。

夢　　我有做 mask、激光、大木桶排毒。十年前買落啲 coupon 都未用完……
　　　你要唔要？

毛　　（搖頭）Coupon？係 ——

夢　　陰謀。你做人咁認真，我好羨慕你。

毛　　吹吓吹吓，時間好快過。

夢　　度日如年呀……13 億 4384 萬年……

毛　　不如你養返隻豬。養隻豬你就會郁。

夢　　郁咩？我唔想郁，我做咩要郁？

狂　　郁吓冇咁快死！拖隻豬去屙屎屙尿，行吓街，玩吓飛碟！

夢　　真豬定 AI 豬？真豬好貴。

毛　　叫你個仔買啦。

狂　　你有個仔？你唔似有仔生㗎！你有個仔都唔話畀人聽！

夢　　佢喺 Paris？印度？定係越南？佢養咗三隻「人工智能狗」，同埋一條廢
柴、下半身係超合金。

狂　　白癡、弱智、低能！

夢　　佢唔鍾意我養豬，真嘅豬。

狂　　叫阿財！

毛　　阿嬌！

夢　　唔得，屋企有 cam，24 小時，佢都睇住。

毛　　係監禁。

狂　　咪返屋企。

夢　　咁去邊？我可以去邊？

毛　　係陰謀！

狂　　（破口大罵）成日「陰毛」！你有冇第二句！

毛　　（笑）大陰毛！

狂　　性騷擾！

毛　　你就想！

狂　　過嚟吖！

毛　　過嚟啦！我等你！——

（兩人吵吵罵罵，夢突然站起來）

夢　　（突地）……尋晚觀音報夢，佢拖住我隻手……上山，高山，有嚿雲，落緊雪，天上有架黑色嘅航拍機，觀音拖住我隻手，上山，高山，有嚿雲，落緊雪，上山，上山，一直上山，就係咁。

毛　　你呢個係「鬼故」。

狂　　好恐怖。

夢　　我都好驚。

毛　　你不如養返隻豬啦。

狂　　你真係有個仔？

夢　佢廿年冇返過嚟。算唔算係我個仔？

毛　仆街仔。

狂　……我都發夢見過觀音，佢鬼火咁靚，佢拖住我，飛呀飛呀一直飛，飛入一個「蟲洞」！入咗蟲洞，我本來係硬嘅，即時變軟……跟住，唔使萬份之一秒，飛呀飛呀，去咗天狼星，我又變返硬！我由硬變軟，又由軟變返硬！

毛　你呢個係「鹹故」。

狂　我醒咗，條底褲冇濕。

夢　（笑）你生蟲！

狂　白癡、弱智、低能！

夢　個個都生蟲，邊個冇蟲吖？生蟲冇罪。

　　（員工又過來，除塵）

員　一粒塵都冇，係咪？

　　（頓）

　　呢度係快餐店，你哋又唔幫襯……講故就行遠啲啦 ——

狂　係咪人呀你！有冇企業良心？有冇社會承擔？大蕭條呀！你哋啲套餐咁難食！一蚊都唔減！三點三嗰啲魚臭嘅！食屎咁！好景嗰陣，全靠我哋供奉你，養你，而家巴撚閉！唔畀我講嘢！唔畀我哋「講故」？吹咩！

我係要講！講鬼故！講咸故！乜撚都講！日日嚟！日日講！講到條脷出血，你吹咩？咬我食呀？——

（耆英加入罵員工）

眾　　驗血！⋯⋯

（燈轉）

員　　⋯⋯你哋要講故⋯⋯去天橋底⋯⋯公園⋯⋯公廁⋯⋯Facebook⋯⋯老人院⋯⋯神經病院⋯⋯劇院⋯⋯戲院⋯⋯牛丸乜丸好啦⋯⋯唔好嚟快餐店⋯⋯快餐店梗係食快餐啦⋯⋯快餐最緊要夠快、夠飽、夠咸、夠甜⋯⋯快餐店有梳化、香薰、7G、紅豆冰、令你賓至如歸！——

（音樂）
（轉場）

25

此場完

第二場　越南、酒店

．．．．．．．．．．．．．．．．．．

海灘旁邊，一間法式酒店

財經 KOL 怕被網民追殺，逃亡到小酒店暫住
Venus（AI）身影，在一邊靜待著

曾經，KOL 以最佳「財經演員」見稱，論述專業、敢言兼有娛樂性
直播中——亢奮狀態、間或歇斯底里

財　　……你聽住，我而家，正式、當眾、屌你老母！

　　　（頓）

　　　你老母嘅年代，一定劏過田雞。係一場 show，切咗個頭，手指攝落去層皮，拉落去，好似一條緊身衫，界啲汗喋實，拉落去，除衫，乾淨俐落，一層皮剝咗出嚟，佢撐幾下，滯尿……係一場 show，一個儀式，一個笑話。

　　　（頓）

　　　最近有唔少網上「打手」，話要隊冧我，斬我，剝我皮，閹我……放馬過嚟！我屌你老母！我而家喺越南，法式酒店，開定香檳等你！

　　　（頓）

　　　做人做鬼都好，唔好輸打贏要！兩年前叫大家買貨，我錯咗，不過中間有升過，你哋賺唔少，而家跳崖，插水冇水花，基金佬萬里長空，隊冧個市，我都中招，陪你哋坐艇。

　　　術數、易經、風水……神棍千祈唔好信！THE TREND IS YOUR

FRIEND！！唔好信！BIG DATA，唔好信！黑天鵝、灰犀牛咪撚信！AMAZON、GOOGLE，信佢哋一成，雙目失明！巴郡！我屌你老母！量子基金！我屌你老母！

大蕭條係大牛市大調整，信我⋯⋯而家負資產，唔緊要，負100萬變成正2000萬，我經歷過，我開咗班，我可以教你，由負100萬變成正2000萬。

金融係咩？「實現財富超越時空；過去、現在、未來，搬嚟搬去。」我閉關49日，結合咗時輪金剛、同埋孫子兵法，好深奧嘅⋯⋯嚟上堂啦，我教你。太陽底下冇新嘢，科技永遠大撚過經濟、經濟大撚過政治——

（變語氣）呢度唔講政治，唔 like 就死開！（變語氣）鍾意就畀個Like——

（激動）呢個叫「滾動熊市」！經濟有下行風險，滾吓滾吓又上返嚟！睇長線，瞓身 TESLA！而家好抵買！記唔記得，廿幾年前，我叫你哋買 CLOUD，升過幾百倍，中間你唔落車，關我撚事？你貪得無厭，有報應。我基金嘅業績，全亞洲第一，當年，大數據連尾燈都跟唔倒我，當年。投資，係好似「電競」，講反應⋯⋯不過，太快又唔得，落注嗰下，係藝術。嚟上堂慢慢講。

（頓）

有班仆街想消滅我！因為，我講真話。我斷佢哋米路。

（激動地）咪撚狗噏！唔好買金，唔好買 yen！跟我分五注買行得輪！再輸，我除褲倒豎蔥！鈎住春袋倒吊！

（頓）

當潮退嘅時候，你就知道邊個行著褲！——

（直播完畢，KOL 回復日常狀態）
（Venus 轉身過來，樣子清純，外表與人類無異）

V　唔該，請你配合一下，我只有 18 分鐘，下一班無人車將於 20 分鐘後接我。唔該。我跟住仲有 44 個 orders，36 男 4 女 4 個 unclassified。大蕭條時期，生意特別好。

14356，你嘅 order 係 14356，confirm？

套餐 A，易消化，重口味，流量 3A，吸力 5A。松木、海藻、生果味，揀邊樣？「大數據」指示，冇敏感紀錄，confirm？你係第一次？（笑）第一次會有紀念品送。（笑）放心，我會引導你。關鍵係節奏感，一種本能，一個儀式。

（頓）

大蕭條時期，有好多成年人，選擇我哋，食完最後一餐，跟住就坐監、離婚、移民、上山、working holiday、進修、燒炭。（笑）我冇咩時間，請你配合一下。

（頓）

大數據提示，你會喜歡生果味，日本 13 至 15 歲少女嘅底褲；係呢種味，冇科學根據，有啲顧客話係蘋果味，有啲客話係 tempura。腦袋創造實相，自我欺騙，我相信，同文化有關……另類嘅有芬蘭，幾受歡迎；雪山松木，內含大量宇宙訊息，唔唔唔？中國少女？哈哈哈，先生你咪講

笑啦，中國……已經唔存在。

（頓）

左邊定右邊？

你夜晚瞓覺，向右定向左？請你配合吓！我趕時間！今日，人類面對一個重要時刻，大清洗、大震蕩、腦電波改變、意識提升，對身體嘅功能，重新評估，重新開發，第一階段針對「口部」嘅修復工程，進行得如火如荼……

（Venus 邊説邊靠近他，有所動作）

療癒、靜心、覺醒……

（頓）

盡快飲用，保持新鮮度。放心，你飲嘅；絕對係人奶，雖然；佢唔係由人嗰度嚟。我只係一個中性嘅載體，液體通過我去到你把口。成份係次要，口感最重要，成年人需要呢種吸吮嘅動作，得到精神上嘅慰藉。

當我哋進行嘅時候，我會撫摸你。有三種方式。（動作）你會感受到母性嘅強度有明顯分別。

我希望你明白，撫摸只係撫摸，慾望嘅含量幾乎等於零……（撫摸他）……你令我諗起我爸爸……我哋一樣有爸爸……爸爸……爸爸……叫你爸爸好冇？唔……你好後生啫……年青力壯……哥哥……哥哥……哥哥……唔……主人……主人……唔好打我啦……主人……好痛呀……主人……好冇？價錢會貴啲……教授……教授……你好叻呀……你好勁呀……老細……老細……我唔敢喇……我開 OT 啦……我 ——

大夜蕭條

療癒、靜心、覺醒。

可以開始未？無人車兩分鐘後就飛到窗口——

（頓）

財　　咩名？

V　　（越南語）Diem，艷眉呀。（越南語）Tôi rất lo lắng，好緊張，我第一次咋。

財　　有冇買股票。

V　　（扮笑）哈哈哈！好好笑。

財　　唔好買。

V　　（扮笑）哈哈哈！好好笑。股票我唔識，我嘅強項係心理學，史丹福大學畢業。呢個係艱難時刻，我哋共度時艱啦。

財　　講個笑話。

V　　（伸出手）呢個係艱難時刻，我哋共度時艱啦。

財　　哈！有冇消毒？

V　　十級真空消毒。

財　　我有潔癖。

V　　肉體嘅實相，係存在嘅一個燦爛片段，唔係永恆。

財　　狗噏。

V　　Google。Google link 咗我去史丹福大學嘅 library。

財　　呢啲 quote 好撚扮嘢，唔好再講。

V　　Confirm。我以為你會鍾意。我睇過你所有嘅演出，我係你嘅忠實觀眾，我以為你鍾意，你經常 quote 人哋講嘅嘢，二次創作，強化情感——

財　　我最撚憎「史丹福」。

V　　Sorry……

財　　（笑）講啲勵志嘅嘢？

V　　好呀！我係你 fan 屎！……華爾街係一個墳場、華爾街係一個屠場、華爾街係一個雞場……（重複又重複）

財　　我想加鐘。

V　　有時間喇 ——15分鐘 2000，你 confirm？提提你，你銀行戶口扣埋數得返 329.9。

財　　Confirm。

V　　……點樣叫你？

財　　……巴菲特。

V   好呀……巴菲特。大數據話，佢有被虐狂，你confirm？

財   Confirm。

（Venus 把他抱入懷中）

V   ……巴菲特……我會盡量「人性」啲……你鍾意人性啲？Confirm？

（Venus 粗暴地對他捏頸，擘口……）

    ……巴菲特……人奶，預防你癡呆、退化……針對精神病、抑鬱、減低你嘅戾氣……巴菲特……你可以叫我……媽媽……阿媽……媽咪……Mum……

財   ……呢個係五浪最後一浪，死貓反彈，插水，又會反彈上返去，萬里長空會死無全屍，床板夾春袋！信我，奶業！奶業板塊！前景好亮麗！信我！無論世界變成點，奶業長升長有……係白色黃金，一定跑贏石油、地產、8G、9G、10G 概念……信我……要趁低吸，趁低吸……

（聲音）
（轉場）

此場完

第三場　快餐店

耆英位置改變
員工在一邊打掃

毛　（眼光光，上網中）唔好飲牛奶！蛋白質會消滅你「菠蘿蓋」入面啲 calcium，女人最易瀨嘢，會骨折，隨時仆街，日日飲，卵巢生cancer，男人就前列腺癌！

夢　你呢個詛咒真係好毒，好在我已經戒咗奶。

狂　我條前列腺係 made in Swiss 嘅，保用 30 年。

毛　飲奶冇仔生！減低出生率！係影子政府嘅「滅絕人口計劃」——

　　　（突然，耆英靚入，她是新來的顧客，衣著光鮮，舉止優雅）

靚　出面真係太熱喇。（向員工）畀杯水我……唔該！

夢　啲水十蚊杯㗎！

毛　加咗料，唔好飲。

靚　十蚊我有嘅。

狂　唔好幫襯佢！

靚　人哋燈油火蠟，乜都要錢。

狂　一蚊都唔好幫襯，呢間係無良企業。

係咪人嚟㗎你？

喂！問你呀，係咪人呀？

（員工轉移到靚身邊）

員　有塵吓嘛？我一個鐘掃一次，有塵吓嘛？真係有塵吖嘛？

靚　……有……你做得好好……一粒塵都有……畀杯水我，唔該……少冰，唔該。呀！不如畀杯奶我，全脂奶，唔該！

員　我做清潔㗎。

（靜）

（大聲地）……你哋唔幫襯！出外面坐啦……門口有條紅外線，離地三吋，左邊射向右邊，你出咗條紅外線，死人冧樓，關人叉事！

狂　出去坐？你想我死呀？商場嗰個機械「食蕉」，會攞碎嘢電你！

毛　出面熱到對波都溶埋，保險冇得賠，我對波點先？

狂　我啲脂肪呀！切開有你哋公司 LOGO！

毛　（笑）抵你啦！一日七餐！係慢性自殺呀！

狂　屌！你咁多「陰毛」！咪出街啦！落嚟做乜！

毛　我……我……郁囉！郁！

狂　　你隻豬呢？

毛　　蜥蜴人！爬蟲類！

狂　　我係天龍星人，有翼㗎！哇……哇……

毛　　過㗎吓！

（兩人又吵吵罵罵）

員　　（大聲地）有冇塵先？一粒塵都冇！你哋出去啦！

夢　　呢度唔係你嘅……51年前，呢度係個公園，有棵大樹，人人有份……251年前，呢度係一個亂葬崗，人同鬼，相處愉快，2001年前，係西漢時期嘅一個戲棚，人人嚟得，大鑼大鼓！10001年前，係冰河時期，我哋都係單細胞生物，天大地大！呢度唔係你哋嘅，憑咩趕人走！

（眾鼓掌）

靚　　我……買啲嘢啦……

夢　　炸蟋蟀好食。

狂　　三高，死快啲，不過真係好好食！

夢　　薯條平啲㗎。

狂　　單買唔抵，套餐又搵笨。

毛　　薯仔唔係薯仔，薯仔係粟米！粟米又唔係粟米，有三文魚基因！三文魚

又唔係三文魚！

夢　屎尿片。

毛　有佢哋 logo。

狂　好貴。

夢　咪講啦，尿急！

毛　以前有 seafood。

狂　海狗睪丸白汁飯！

夢　已經成為歷史。

毛　牛肉係印度入口。

夢　印度好呀……經濟起飛、插水、又起飛。

狂　早知我份基金瞓身落印度。

毛　保本保本保你條毛！

夢　驗完就要醫，醫就要保，保完又醫，醫完又驗……銀行、保險、醫院，三合一玩到你殘！

靚　哈哈哈……我個婦科醫生係 AI，佢問我：「停咗經未？停咗經未？」我玩佢，我話：「牡丹停經夢。」我以為、佢唔識答我，佢話：「菊花杞子茶。」跟住，佢電暈我，切咗我個卵巢。哈哈哈！——

（頓）

我買啲嘢啦！——

（頓）

不如……買起你呢間舖啦……畀 cash 好冇？我唔信電子銀行㗎！哈哈哈！收唔收 BITCOIN！哈哈哈！哈哈哈！……

（眾望著靚）

員　雪糕！

又香又滑嘅軟雪糕！一杯個半。個半一杯。

（靜）

（跪下。想哭）我求吓你哋……

靚　我食雪糕會 diarrhea……唔好意思……我諗唔倒……呀！係「屙爛屎」！我想幫你……有冇雪糕食咗唔會屙爛屎？……我真係想幫你……我可以……同你買啲屎屎片。

員　屎屎片唔係我呢個部門負責。

（頓）

落完幾日雨，路邊，啲蝸牛就爬出嚟……卜咯卜咯、卜咯卜咯……人同車，都係兜手，啲蝸牛，明明生勾勾，散晒，3D 變成 2D，散晒，肉醬，遍地屍骸……好危險，一場大雨，四圍都係地獄，卜咯卜咯，卜咯卜咯

——我見過，一架波音 747……輾過一隻蝸牛！

夢　　蝸牛，好耐冇食過！

毛　　蝸牛唔係蝸牛，係東風螺！

靛　　法國蝸牛！哈哈哈！識得搭飛機㗎！哈哈哈！

員　　……你哋走啦……求吓你哋……（聲淚俱下）我好需要呢份工……大蕭
　　　條保險公司佰家剷，我啲 MPF 全副身家有排攞唔返。

狂　　（在底褲掏出幾個硬幣，擲地上）一杯！——

　　　（頓）

員　　（停哭）我唔可以幫客人買嘢……唔啱規矩……我被監控㗎！

狂　　買唔買呀！

毛　　驗血啦你！

夢　　驗血啦！

　　　（重複罵員工）
　　　（員工執起硬幣）

員　　……羊奶味、豬奶味、人奶味、士多啤梨味……我本人比較喜歡士多啤
　　　梨味。

狂　　士多啤梨。

員　　賣晒。

狂　　大麻呢？

員　　三蚊杯。

狂　　仆你個街，又話共度時艱。

員　　大蕭條，大麻加咗價。

狂　　仆你個街。

員　　原味個半。

狂　　是旦啦。

員　　係咪會員？

狂　　過咗期。

員　　續唔續？續咗有著數，買雪糕加你 0.0001 分 ——

狂　　仆你個街！

（員工去買雪糕，又回來，把錢給狂）

員　　……你自己去買啦……我係一個盡忠職守、擔屎唔偷食嘅低級員工，
我竭盡所能令呢度一塵不染，我明白公司要進行國際化、全球化、宇
宙化嘅長遠策略性部署，業務多元化，超市、AI 工人、地產、性愛
玩具、太空旅遊、仲有「奶業」……大蕭條時期全部冚家剷，我係人

類員工、更加要緊守崗位，忍耐、犧牲、中門大開、解放後門無私奉獻。

（燈轉）
（員工的回憶：左擁右抱幾個空姐）

⋯⋯以前，我係一個飛機師⋯⋯溝個空姐入機艙，（淫笑）食Las Vegas嘅松露雪糕，100蚊美金一杯，你一啖我一啖，你啜完我又啜——

（轉場）

此場完

第四場　日本京都、便利店

· · · · · · · · · · · · · · · · · ·

隔著玻璃
間或有流星閃光

兩女望著外面，喝著白色飲料
CEO 較成熟，外套有公司 logo。另女作中性打扮
幾個「公司守護者」在附近

CEO　　食唔食雪糕？北海道牛奶，仲貴過和牛。

女　　　（搖頭）我以為你係 vegan。

CEO　　Vegan，都可以飲奶。

女　　　京都，我以為係永恆不變嘅。

CEO　　櫻花一年開三次。

女　　　DNA 改造，好假。

CEO　　完全受控，佢哋相信秩序，又刺激旅遊。

女　　　不如每個月一次？開花，就好似 M 到。

CEO　　（笑）每晚八點，有「人造流星雨」。

女　　　許願？係咪白癡？

CEO　　好過冇。

（頓）

假假地，有啲希望。

（頓）

女　　有冇搞過你？

（頓）

有冇搞過你？有冇入會儀式？使唔使交會費？

（靜、喝奶）

CEO　我唔認得你。如果冇「人臉識別」，我唔認得你。

女　　我認得你。

CEO　……Thank you。

女　　我手術未做完……

CEO　你連把聲都變埋。

女　　我條聲帶係新嘅。

CEO　OK……

女　　係咪好難聽？

CEO　　　　OK……

女　　　　可以 tune 嘅。最高 230 Hz，可以 tune 返去 210 Hz。

CEO　　　　唔使啦，而家好好。

　　　　　（頓）

女　　　　我想搵份 job。

CEO　　　　（笑）而家係大蕭條。

女　　　　想唔想睇吓？

CEO　　　　睇咩？

女　　　　過渡期，仲爭少少。

CEO　　　　唔……

女　　　　下面仲爭少少，冇錢做。上面用咗我嘅皮膚幹細胞，純天然，好似
　　　　　啱啱發育咁（興奮、脫衣狀）——

CEO　　　　唔想睇！

　　　　　（頓）

女　　　　你嗰間係咩……「公司」？

CEO　　　　公司、企業、機器、Matrix、Source、Heaven、Kabbalah、三摩地

都係個 label，都係一樣。

女　　　　做咩生意？

CEO　　　咩都做……（笑）好大、大到乜都做。

女　　　　販賣人口？

CEO　　　哈哈！

女　　　　你有冇畀人搞？

CEO　　　我係 CEO。

女　　　　咁你有冇搞人？

CEO　　　你有我 DNA。

　　　　　（頓）

　　　　　你係我個仔。

女　　　　女。

CEO　　　OK……

女　　　　我係你個女。

CEO　　　OK……

（頓）

京都已經死咗，冇咩遊客，輻射指數 20，最熱 50 度。

女　　幾好吖，條街好靜。

CEO　大蕭條唔係偶然嘅，係一個設計。

女　　又係陰謀論，白癡。

CEO　你冇諗過？你永遠都係嗰 95％，畀人玩？清你倉？剝你光豬？

女　　我唔 care。

CEO　你想搵 job？係咪？

（流星劃過）

（望外）嗰啲白癡嘅超級富豪，死咗，火化，啲骨灰仲要上太空，製造太空垃圾。

女　　我啲骨灰，幫我餵魚、種樹、沖落屎坑都得。

CEO　你做緊 live？

女　　你唔 mind？

CEO　我哋公司，所有嘢都係透明嘅。

女　　唔好賣廣告。

CEO 我哋公司，有完整嘅員工福利，包食包住，包埋整容、醫療、靈修。

女 夠喇。

CEO 我哋公司嘅「能量水」，瑞士輸入、保證五分鐘內送到。

女 Offline！

（頓）

我本來有個男朋友，諗住喺台灣開間 café，而家乜都冇⋯⋯

CEO 得喇，你係我個仔。

女 女。

CEO ⋯⋯你有我 DNA，我有責任照顧你。我希望，可以照顧你。

女 嗰日，阿爸畀「波音」裁員⋯⋯佢咬斷條脷，用血寫咗一封投訴信畀波音董事局，詛咒佢哋，然後，將自己綁住喺一部無人駕駛飛機，衝落 Santa Monica 嘅海底⋯⋯

CEO 嗰日我喺 London，公司總部，全球直播嘅周年大會。

女 佢想同「波音」同歸於盡。

CEO 有啲企業係殺人機器。

女 佢好大怨氣。

CEO ……係一個儀式，佢咬斷條脷，係為咗未來。佢嘅詛咒最終一定會實現。

女 我有佢嘅 DNA。

CEO 95%，佢係。

（公司守護者戴上 VR，慢慢靠近女）

你可以加入我公司。

女 我可以做咩？

CEO 你可以做 trainer。宇宙由一個黑洞開始，一個黑洞終結。呢個係宇宙法則。

女 Trainer？Train 咩？

CEO 快樂，快樂嘅實相。

女 我好清楚。

CEO 畀我睇吓？

女 ……而家？呢度？

CEO 男人、女人，男女所有嘅組合、類型，我都見過。

女 我……仲爭少少……

CEO （手伸到女胯下，似要檢驗她）……而家……我哋已經水浸眼眉……危急存亡……接受、或者滅亡，你只可以二選一……唔……你要做女人？你有冇「子宮」？

女 有……我有……

CEO ……你有冇 period？

女 有……冇……將來可能有……

CEO （笑）女人有 3500 日 period，你冇。每次 period，就好似一年四季，係學習，係經歷，你一次都冇。

女 月圓嗰陣，我會好 high……

CEO 白癡。月球對你冇影響，月球係空心嘅，只係一個「人造監察系統」。所有神話都係呃你嘅。

女 ……你係……我阿媽？……

（公司守護者按著女，把 VR 鎖在女雙眼上。女掙扎）
（音樂入）

CEO 冇人會搞你，我哋公司冇「教主」，我哋係「集體管理」。

我哋會訓練你，首先，練習離地……吊起、離地，每個月一次，44 個勾，穿過你嘅皮膚，冇麻醉藥，吊起……離地……你好快就明白，咩叫做快樂。

我想幫你、公司想幫你、世界需要一個全新嘅秩序……你有我嘅

DNA，我好清楚你，我好了解你，你嘅未來就係你嘅 DNA，上面寫得好清楚：乳癌 15%，柏金遜病低過 5%，二型糖尿 29%，一型糖尿 2%，冠心病 29%，乙型肝炎 50%，皮膚癌 4% ——

CEO／女　——容易頭痛、鼻敏感、狂躁、孤獨、唔鍾意女人、濕嘅耳屎、性冷感、討厭政治、有暴飲暴食傾向、飲酒唔會臉紅——

女　　　……我好憎我自己……

CEO　　我會陪住你，我會改變你。係 DNA，係數據，係科學，我哋共同進退，為公司努力，冇人會搞你……如果有人搞你，佢只係想驗證吓；你係「真」嘅，證明你有反應、有 hormone、有感覺……所有嘢，開始嘅時候，都好難接受……只係一個儀式，一個紀錄，一堆數字——

（轉場）

此場完

夢　　每日 10001 步。我信數據，以前，我好認真，check 住自己。每日 10001 步，我有隻錶——納米機械人，喺我嘅「耳窩」裡面，幫我數住，煮飯屙屎拖狗打機，數住，對腳冇停……每日 10001 步，達標，我就冇病，好爽……我有個 partner，佢又有隻錶，佢鍾意跳舞，佢好快到 10001，快過我，有競爭就有進步。我又會 check 住卡路里，生活，就係為咗「燃燒」卡路里，burn burn burn，哈哈哈，拖地 burn 咗 258 卡、我去整叉燒又 burn 咗 200 卡、（笑）上床……攬攬錫錫 burn 咗 60 卡，「啪啪啪」burn 咗 123 卡，我鍾意「做」，不過日日做會傷身，我 partner 頂唔順，佢最多三日一次……想身體好就要瞓得好，我 ZQ 得 50，練咗氣功去到 80，隻錶話我睡眠有深度，條命長咗 2%，我目標係 ZQ 96……我有隻錶，乜都幫我計數，數呼吸、數心跳、嚼嘢（口部動作，示範），一唥十下，太快，我數住，而家，我數住，一唥嚼 31 下，一餐飯食兩個鐘，好好，分泌好，消化好，心情好……（口部動作持續）我管理我自己、我控制我自己、我負責我自己，食嘢嚼 30 下、瞓醒嚼 100 下、睡前嚼 300 下、睇電視嚼 50 下……錶你有冇？

員　　以前，我係飛機師。我架飛機，經過印度洋上空，我話：「（扮電波）……Good night，Good night……（扮電波聲）……Mayday Mayday Mayday……」

（燈轉）

狂　　（恐嚇員工）仆你個街！買唔買呀！

員　　一粒塵都冇？係咪？

狂　　我會投訴你，我會用最狠毒、最賤格嘅文字投訴你、抹黑你！我會咬爛隻中指，寫一封血書，投訴你呢個人類員工，不負責任、毫無人性、虐老、性侵、種族歧視！連一杯「個半」嘅軟雪糕，都唔肯幫我買！

眾　　驗血！（重複，舉起手指）

員　　……基於人道立場……我破例一次！一次咋！……羊奶味、豬奶味、人
　　　奶味、士多啤梨味……我本人比較喜歡士多啤梨味。

狂　　原味呀！柒頭！

夢　　順手買多杯。

毛　　我又要！雪糕走奶！

夢　　轉多兩個圈……大杯啲！

毛　　我又係！

靚　　咁我都要啦……唔該……

員　　（指狂）我只係會幫呢位顧客買一杯雪糕！下不為例！

靚　　一路好走。

員　　其他人，自動消失！

眾　　（粗暴地、舉中指）仆你個街！……

　　　（員工轉身下，去買雪糕）

靚　　（優雅地）金磚五國……我去咗四個國，好多金，金真係好好，好高貴，
　　　可惜，金光燦爛，冇人識欣賞……佢變成庸俗又愚蠢，佢本來，好有詩
　　　人嘅氣質……信賴直覺，難以觸摸，生活痛苦但係有重量；佢有疤痕，

　　　　　　　　　　　　　　　　　　　　　　　　　　　　　大夜蕭條

不滿現實；佢有疤痕，你可以撫摸，難以觸摸，詩人嘅氣質。佢希望；係一條漂浮嘅星光體，希望，喺宇宙，黑洞嘅邊緣，搭上另一條相同頻率嘅星光體，力量變得強大。睇吓你哋，庸俗又愚蠢，淨係得把口，低級，粗暴……有原因，有因果，所以，有金磚五國，有平行宇宙，所以，冇人想嚟，冇人想幫襯呢度。

（頓）

靛藍色。我嘅血係靛藍色，介乎藍色同紫藍之間，靛藍色。

毛　　我嘅血，係孔雀藍。

夢　　我嘅血，係雪裡紅。

狂　　我嘅血，係反式脂肪！

　　　（轉眼間，員工回來，拿著一大杯軟雪糕）
　　　（員工來到狂前面）

　　　原味雪糕！幾十年冇變，脫脂奶粉，嚟自澳洲 ——

員　　新西蘭。

狂　　新西蘭！好懷念……奶味！

員　　奶粉味。

狂　　奶粉味！

員　　係咪會員？

狂　　過咗期。

員　　續唔續？

狂　　仆你個街！——原味！雪糕！永遠！懷念！……舊時……我老母去快餐店買雪糕，肚痛，有個員工幫佢接生，唔覺意，生咗我。我知道，最後，我知，一定會死喺快餐 —— 店 ——

（狂伸手取雪糕，突然倒下，一動不動）
（眾凝著）
（良久）

員　　（舉高）雪糕！邊 —— 個 —— 食 —— ？

（燈轉）
（音樂入）

毛　　……呢個係一個驚天大陰謀……係納米機械人！佢潛伏喺啲「奶」裡面……無色無味、無影無蹤，佢係恐怖份子！首先，佢佔領我嘅山頭、然後，用游擊戰，佔領我嘅森林、然後，佔領我嘅松果體……好似奪舍、標童、鬼上身……然後，穿過我嘅身體，千軍萬馬，最後，完全佔領我哋，變成一條條超合金廢柴，我哋要拒絕呼吸、拒絕飲奶，每晚瞓覺，要攬住嚿磁石，連接地球磁場！只有磁場先救倒我哋！——

（轉場）

此場完

大夜蕭條

第六場　瑞典斯德哥爾摩、共享房屋

夜
Co-living Space 共享房屋，開放廚房
煙霧瀰漫，大麻味道

YouTuber、青年與少女，正無聊地等食
YouTuber老公在廚房

網上直播中，生活與表演，難分難解

Y　　（向觀眾）⋯⋯等食嘅時候最難過，我哋而家喺斯德哥爾摩，一間共
　　　享嘅 house，住咗好多人，有正常人、合成人、半合成人、星人、西人、
　　　北人⋯⋯共通點都係窮撚⋯⋯出面大風雪⋯⋯不如懷緬吓過去⋯⋯講吓
　　　故仔。上一次大蕭條係 1929 年：「煤氣公司職員去到一間屋，煤氣費
　　　已經過晒期冇交，所以要 cut，有個家庭主婦求佢通融吓，煮埋最後一
　　　味餸，個職員見倒個餸籃度有個狗頭⋯⋯」

青　　哈！我以為美國人，餓死都唔會食狗。

少　　當你親歷其境，你唔食，你啲仔都要食，你就會跪低⋯⋯

Y　　呢個家庭主婦係 superhero！

少　　我點都唔會食狗。

青　　冇片冇真相。可能係隻羊，個職員睇錯。

Y　　係狗，死狗，餓死嘅狗。家庭主婦只係珍惜資源，將隻死狗循環再用，
　　　食得唔好嘥。

青　　（拍枱，激動）屌！餐餐都係貓貓狗狗，你哋唔厭咩？

Y　　我哋要做啲嘢，cheer up 吓大家！

青　　我哋好耐冇交租。

少　　我知……我愛你哋……我愛錢……錢愛我……錢服務我……我哋有共同信念，信念創造實相……時機未到……錢就嚟……就快……好快……我愛你哋……錢唔係罪惡，錢會服務我哋……

青　　我而家想要一桶法國 Belon 生蠔。

少　　時機未到……

青　　包租公想殺咗我哋。

少　　……錢會出現，錢會服務我哋……

Y　　We are ONE，你中有我，我中又有你 ——

　　　（老公入，送上一大碟蒸蛋）

　　　老公，終於搞掂噂？

公　　Yes……古法蒸肉蛋……冇蔥，我落咗啲「草」，仲有海鹽。

Y　　基本上我係 vegan。

公　　我唔記得咗。

Y　　老公，我支持你，所以食肉。

公　　（吻 YouTuber）I love you……我唔得，食素會令我性慾下降、不舉、睪丸萎縮、精子減少——

Y　　Sorry……

公　　我鍾意食基因豬，冇屎眼，唔屙屎，有入冇出，好衞生。

青　　屌！話咗唔好講畜生，又講豬！

Y　　OKOK……呀！未正式介紹我老公，MIT 生物醫學倫理博士，而家待業，佢一直唔想做 YouTuber，不過，喺我指導之下，加入咗我哋。

公　　Hello……大家……好呀……試吓味……

　　　（眾沒反應）

Y　　放心啦……我老公有醫管局嘅健康證明書。

公　　試吓啦……You know，凍咗會有啲羶味，唔係羊唔係牛……總之，嗰種羶，好羶。

青　　（笑）冇冇人話你聽，你好柒！

公　　Thank you！

Y　　老公，you know，我 100% 支持你。

　　　（眾望著 YouTuber，YouTuber 把蛋吞下）

公　你中有我，我中有你。I love you。

少　（試吃、對著鏡頭）……係我第一次……口感都幾好……我係為咗你哋，
　　我嘅 followers，冒住生命危險，先至會食 ——

青　係邊忽？

公　（笑）你估吓？

Y　（咀嚼中）老實講。你哋有冇食過馬肉？唔……口感……似馬肉。

公　唔……估唔倒……我唔係屬馬，我屬鼠……你哋估吓……邊忽呢？……
　　其實……嗱……IQ 題：嗰度唔見「光」嘅……

青　「切割」嘅過程先係儀式嘅精華，有冇片？

公　私人珍藏。

青　BBQ 易啲入口。

公　Uncle JJ，佢本 cookbook，佢灑鹽……好似灑「溪錢」咁！

Y　哈哈哈！溪錢！型爆呀！

青　哈哈哈，好柒！

公　（向青年）你唔食？「共享」精神呀！You know…… 我見人家，好耐
　　冇食餐好……我加埋啲蛋，畀大家共享吓，啲蛋係 organic 嘅……（笑）
　　科學題，個胃消化食物，點解唔消化埋個胃？哈哈哈！

（眾反應冷淡）

　　　　唔……Nice……人類自古就有食人肉嘅紀錄，食自己都有。

Y　　Sashimi。

少　　（嘔狀）咿……呀……呀……咿……我諗住整對 E 奶……好冇呢……冇錢……「眾籌」得唔得？

Y　　平胸先好，越平越好，the world is flat，平胸 rules the world。

青　　點解你唔搞包租公，當交租？

Y　　係嘅，當畀鬼砸啦。

少　　咿……佢係咪「人」嚟㗎？

公　　不如……講吓你十歲嘅時候……畀人性侵 ——

Y　　講過 N 次喇。

公　　畀你老竇搞嗰次啦，我聽親都想喊。

Y　　我已經原諒咗佢。

少　　我夠係囉……我老竇……（想哭）唉……我睇緊治療師……佢話……我「性上癮」……呀……呀……我又發作喇……

青　　Come on！

Y 　算把啦，冇人睇。（突地，望鏡頭）契弟走得摩，斯德哥爾摩！——

少 　不如，我扮一張枱，畀三張膠櫈輪姦啦！IKEA 可能會 sponsor！

青 　30 年前嘅「日活」做過，out 喇！而家 NETFLIX 拍緊，同 AMAZON 合作，（慢動作）太空扑嘢普羅米修斯，INTERACTIVE！

公 　（突地）——弱肉強食，強者越強，係典型「新經濟」嘅壟斷模式，龍頭、最大、一、咩都係「一」，唔係「七」！係「一」！

青 　柒頭！

公 　你仲未食喎？咁唔畀面？（怒）共享呀！

青 　一嚿蛋白質，你嘅 DNA，仲有毛㗎，我食唔落。　　　　　　　　　　59

公 　……好 hurt 呀……我……為咗你哋……深入探索我嘅西藏高原、亞特蘭蒂斯、香格里拉……好痛㗎！

Y 　老公……正能量……我支持你……你係 MIT 生物醫學倫理博士！

公 　……神聖呀！神聖就係「毛」！

青 　（嘲笑）——巴撚閉！賣相咁撚衰，色香味乜都冇，加條蔥！加嚐薑啦！話咗你柒！有冇柒水先？你柒到爆，唔識煮嘢又扮勁，講咩柒神聖？你要攞出嚟，生劏，見血，先有人 Like！柒頭！柒中之柒！

Y 　——係香格里拉、世外桃源、三摩地、Kundalini 呀！

公 　（想哭）……喺挪威嘅北冰洋上面，人類發現咗一個黑洞，有 1000 位

科學家，嚟自 30 個國家，去晒嗰度慶祝！我承認我有錯，我嗜肉，冇汆水……但係，我有搲毛！！

（頓）

少　　你割咗邊忽啫？畀我睇吓？——

（青年與少女興奮狀，聯手猘玩老公）

公　　我……唔蒸蛋囉……你呢班魔鬼——魚……（大哭下）

（眾開始變得走火入魔）

Y　　我老公有科學精神、有熱情、有社會關懷、又有末日意識……佢有一個高貴嘅靈魂！網民好愛佢，我愛我老公，我愛我嘅網民！（狂吃蛋）

（靜、氣氛尷尬）

（吃完、抹嘴）我愛我老公，我最鍾意幫佢執手尾！佢係我偶像，IQ 200 嘅生物醫學倫理博士！！……靜心、療癒、覺醒……（打冷震）我要為大家 cheer up 吓，大蕭條共度時艱……（嚴肅地）不如，講吓……倫——理——今日，人類面對一個重要時刻，大清洗、大震蕩、腦電波改變、意識提升，對身體嘅功能，重新評估，重新開發，第一階段針對「口部」嘅修復工程，進行得如火如荼 ——

——契弟走得摩，斯德哥爾摩！

少　　入嚟有福利，有波又有籮！

青　　早知有今日，何必有當初！

（老公再回來時，捧著一大碗「肉醬」）

公　　包租公！

（各人停下，望著肉醬）

包租公⋯⋯今朝嚟過，叫我去瞓街⋯⋯佢屌鳩我：你班仆街唔交租賴死！共享唔係共產！唔係攬炒冚家剷！佢屌鳩我：

Find a job！
Find a job！
Find a fucking job！

我話大蕭條喎——佢屌鳩我：（手勢）Blowjob！

61

（頓）

（手勢）Blow⋯⋯job⋯⋯

（眾鼓掌）

Y　　老公。I love you。（吻他）

我哋要 cheer up 大家⋯⋯

（老公捧著大碗肉，與眾共享）

公　　⋯⋯包租公⋯⋯

青　　大地主⋯⋯

少　　超級富豪……

Y　　唔……共享……I love it……I'm fucking loving it……

（燈轉）

公　　……Superfood！有 Omega 3、4、5！每日一餐，熱量吸收減五成，長命五成，Superfood，可以驅魔！Superfood，令神經再生！我哋，被屠殺之前，歡送偉大包租公，回歸大自然嘅食物鏈，我哋心存感激，信念創造實相，改變歷史，我哋條腸，終於覺醒……

（眾搶食肉）食晒佢，消化佢，唔好留低一滴 DNA，等佢冇得翻生，永不超生。

（燈轉）
（音樂）

青　　（通靈狀態）……各位網民，我來自火星，我出世七日就抬頭，三個月識講粗口，兩歲就明白 Dark Matter，五歲同 NASA 嘅科學家開會。80萬年前，就坐住三角底褲型太空船，嚟地球自由行，嗰陣，有好多巨人、四米高、半米長、掬吓掬吓，令我留下好深嘅印象。

少　　（通靈狀態）見倒「四條一」，你搭通咗靈界，二元終結，請你擘大眼、睇清楚……以前，幾個人圍埋，打開罐「瑞典臭魚」：好臭好臭好似死老鼠咁臭！就有十萬個 LIKES ！層次好低，仲有塞甘油條、咖啡洗大腸、忍尿忍到爆胱，bombom ！唔好傷害你嘅身體、唔好再爆胱……四條一，二元終結！

青　　──注意，大蕭條只係頭盤，2050 年會有一場超級大海嘯，大家做好準備，到時，上山都冇用！蟲洞！你哋要搵倒蟲洞！記住！

少　　——十歲妹妹仔，第三世界，刷牙、剪腳甲、拉吓筋，就有幾百萬
　　　LIKES！點解？你要擘大眼、睇清楚……妹妹仔對眼，黑色嘅！係蜥蜴
　　　人，爬蟲類，記住，四條一！

　　（轉場）

　　　　　　　　　　　　　　　　　　　　　　　　　　　　　　　此場完

第七場　快餐店

酷熱，耆英汗如雨下，狂躺在地上像死掉
員工踩著他，手仍拿著軟雪糕

員　　（舉高雪糕）雪 —— 糕 —— 邊個食？

　　　（靜）

　　　我哋公司最有名、懷舊、歷史悠久嘅：軟 —— 雪 —— 糕！內含「南極企鵝皮下脂肪精華」，只溶喉口，唔溶喉手！仲防止老人癡呆！

　　　（頓）

　　　唔使錢！

　　　（夢／靚舉手，員工猶疑）

靚　　（溫柔地）⋯⋯飛機師⋯⋯溫馨提示，係阿茲海默症、或者認知障礙，唔好講「老人癡呆」。

員　　飛機師已經唔存在。我而家係一個人類員工，屬於呢間公司 ——

毛　　你呢間係咩公司？

員　　我公司、係一間對前景充滿希望嘅公司，我公司會排除萬難，最後、會成為一個偉大嘅平台、平台上面，有即係行，行即係有！將來，我保證，人人有雪糕食！免費嘅！

靚　　（溫柔地）⋯⋯飛機師⋯⋯你以前，著起制服，坐喺全飛機最前端，好英偉，好有雄風，啲空姐都好傾慕你。每次你停 Paris、伊斯坦堡，都

會同啲空姐約會，夜晚好瘋狂。行諗到，會遇上航空史上最大嘅裁員潮……

員　　（扮無綫電聲）……Good night，Paris Zero Zero Zero……Good night，Shanghai Six Six Six……Good night，Hong Kong One Six Nine……

靚　　……飛機師……每個人；都係一條漂浮嘅星光體，喺黑洞嘅邊緣，希望、搭上另一條相同頻率嘅星光體。

夢　　……飛機師……熱死我啦……好口乾呀……血糖低呀……飛機師……我以前做空姐㗎……

靚　　我會畀「五粒星」你。

員　　聽講，你啲血係藍色。

靚　　靚藍色。介乎藍色同紫藍之間，波長 420 到 430。

員　　AMAZON 有冇得賣？

靚　　（笑）哈哈哈！好好笑。哈哈哈！——

　　（員工最終把雪糕給靚，靚接過，眾盯著她）

　　……行動可以庸俗、目的要高尚……縱使、畢竟、偶爾，無明，一個行作為嘅當下，你已經徹底破產，你仍然、依然、默然、保住你嘅高貴，從容而不焦慮，我本無一物，泰山崩於前，你有執著，有目的，你有愛嘅自由、恨嘅自由、死嘅自由、打扮嘅自由……你仍然堅持、裝扮自己，選一雙最亮麗嘅皮鞋、一件最得體嘅外衣，至少，我死，亦似返個人。如果，我可以，我希望，我完整，躺得優優雅雅、貼貼服服，我嘅

星光體，如果可以，從我嘅頭頂離開，我拒絕其他通道、出口，令我庸俗、愧髒……到時，嚟送我嘅人，如果有，千祈唔好哭哭啼啼，梨花帶雨……我會鄙視你哋！

（舉起雪糕）……我祝願……金磚五國！女人抬頭！東成西就！

（靚粗暴地吞下雪糕。瞬間，倒下）
（靜）

毛　呢個係鬼故。

夢　呢個係咸故。

毛　咁多人死 ——

夢　—— 唔見你死。

毛　（笑）係陰謀。

夢　我想安樂死。

毛　冇咁易。

夢　（向員工）我想買杯雪糕，原味！

毛　我又要，雪糕走奶！——

員　——賣晒！乜味都賣晒！「寄生蟲、喪屍、死人、社會嘅包袱、用完嘅避孕袋！『人臉識別系統』已經全面監控你哋，禁止踏入我公司全世界嘅連鎖快餐店、飯店、酒店、直到你哋『香咗』為止，感嘆號！」——

公司要我講㗎！我照讀 ——

（球賽聲）

毛　　睇埋場波先。

夢　　我等咗好耐。

毛　　我都係。

夢　　有冇爆谷？

毛　　咬蔗。

夢　　煨魷魚。

毛　　已經成為歷史。

員　　走啦⋯⋯

（球迷歡呼聲）

夢　　一塊大草地，一班人，一個波，搏命走，流汗，流馬尿 ——

毛　　2019 年，大奇蹟日 ——

夢　　利物浦贏巴塞四比零 ——

毛　　歐聯奇蹟晉級 ——

夢　　一場偉大嘅儀式！

毛　　已經成為歷史！

夢　　好波！

毛　　飛剷佢！冚家剷！

夢　　倒掛金鳩！

毛　　金「勾」！

夢　　有血有肉！真正嘅男人！

眾　　好波！

員　　（急速地）一架無人駕駛嘅古董 747 就到，佢會碌爆啲蝸牛 ——

　　　　（球迷聲如雷動）

夢　　我瀨咗尿！

毛　　我都係！

夢　　有冇屎尿片？

毛　　有尿一齊瀨……共度時艱！

夢　　好波！

毛　　不如你養返隻豬。

夢　　我唔想郁。

毛　　等唔等倒？

夢　　我會盡力；吊住條命。

毛　　好波！

夢　　每晚八點，有「人造流星雨」。

毛　　許願？係咪白癡？

夢　　（笑）陰謀，呢個係陰謀。

眾　　好波！——

員　　走啦 ——

　　　（球迷歡呼聲）

　　　（冰人入）
　　　（未幾，他拿出一支古舊「竹管」，吹奏起來）

　　　（冰如雨下）
　　　（燈轉）

　　　（狂／靚起來，眾圍著冰解暑）
　　　（員工見地上癱瘓的吸塵機械人，上前，抱入懷裡）

　　　（深情地）……佢係我嘅最愛、soulmate、朋友、閨密、死黨、飛機杯、

兄弟、網友、同事、炮友、偶像、fan屎……佢一直都盡忠職守、默默耕耘，見倒街坊掉頭走，見倒西人係咁撞……我同情佢。我體諒佢。大蕭條呀，要共度時艱。

（向冰人）……買啲嘢啦……隨便坐啦……

以前……我係一個飛機師。（扮電波聲）Good night，Paris Six Six Six……（扮電波聲）……Mayday，Mayday，Mayday……記住，求救，一定要連續講三次……Mayday，Mayday，Mayday，我最後嗰個 flight，越南……飛去斯德哥爾摩……經過地中海、大西洋，Morocco，我想跳落去，我鍾意 Morocco。不過，我做唔出，飛機有 234 個乘客同埋 crew，我做唔出。

（耆英狀態轉變）

靚　　契弟走得摩，斯德哥爾摩。

狂　　我杯雪糕呢？

靚　　我哋要 cheer up 大家。

狂　　我杯雪糕呢？

夢　　你生蟲呀！

毛　　黑天鵝！灰犀牛！

靚　　行動可以庸俗、目的要高尚！

狂　　我杯雪糕呢？

夢　　仲有冇第二句？

毛　　動物大遷徙。

靚　　冰河時期。

　　　（頓）

毛　　Morocco 已經唔存在。

靚　　Find a job。

夢　　大西洋已經唔存在。

靚　　Find a job。

毛　　地中海已經唔存在。

靚　　Fucking job。

夢　　中國唔存在。

靚　　Blow job。

毛　　美國唔存在。

靚　　肉體嘅實相，係存在嘅一個燦爛片段，唔係永恆。

　　　（頓）

狂　　我見倒「上帝嘅粒子」。

夢　　係一場瘟疫。

毛　　係咪直播？

靚　　記住你自己。

狂　　上帝嘅粒子。

夢　　食自己。

毛　　幾多像素？

靚　　記住你自己。

毛　　係咪拍緊？

狂　　上帝嘅粒子。

夢　　食自己。

毛　　四萬個億。

靚　　記住你自己。

狂　　我想食雪糕。

夢　　我想食雪糕。

毛　　我想食雪糕。

靚　　想唔想……有個 happy ending？

員　　Mayday Mayday Mayday……Mayday Mayday Mayday……（重複）

狂　　你係咪人 ——

夢　　你係咪人 ——

毛　　你係咪人 ——

靚　　你係咪人 ——

員　　你哋……係咪人呀 ——

（靜）
（眾耆英慢慢轉身背向觀眾，緩緩彎腰，脫下褲子，露出屁股）

當潮退嘅時候，就知道邊個冇著褲。

（員工也轉身脫下褲子，露出屁股）
（燈轉）

（畫外音）……喺挪威嘅北冰洋上面，人類發現咗一個黑洞，有 1000 位科學家，嚟自 30 個國家，去晒嗰度慶祝！佢哋相信，有一日，13 億 4384 萬年，快啲，慢啲，最終都係一樣，黑洞開始，黑洞終結……

（幕下）

《大夜蕭條》

演出日期：2019 年 9 月 27 日至 29 日

演出地點：西灣河文娛中心劇院

主辦：劇場工作室

藝術總監：余翰廷

編劇及導演：陳志樺

演員：

余翰廷	飾	快餐店員工／財經 KOL ／ YouTuber 老公／公司守護者
林沛濂	飾	菁英（狂）／青年／公司守護者
趙伊褅	飾	菁英（夢）／ CEO
岑君宜	飾	菁英（靛）／ Venus ／ YouTuber ／公司守護者
陳嘉茵	飾	菁英（毛）／ CEO 女兒／少女
許諾	飾	冰人

編劇及導演的話 （原載於演出場刊）

陳志樺

我與編劇不熟。久別，見其台詞越來越狠、陽奉陰違、跳接更高速、有不少陷阱，導演／演員要當心中伏。相對前作，編劇更著重植入大量訊息／偽訊息，頻密紛陳、玩弄結構、似要把一頭野馬安放口袋裡，有時，我覺他已失了耐性，接近人格分裂的邊緣。

據他説：《大夜蕭條》的原型，緣於某舊社區快餐店，幾位耆英在歇息、吹水，大抵是高溫盛夏，又沒舒適的公共空間，就「霸佔」幾個角落，卻被驅趕⋯⋯編劇騎劫那一幕現實鬧劇／悲劇，挪移到未來、大蕭條一夜。世界在三十年後，更好還是更壞？編劇關心的人口老化、人與高科技苟合、身心靈混亂、大到不能倒的霸權，我大致認同，但更悲觀。從來，進步要付出代價，代價太大，變成黑洞。黑洞開始，黑洞終結，是宇宙法則。我以為，《大》好玩之一，就是要淨化情感，見冷、見到那個「黑洞」。

據他説：《大》年頭落筆，時勢還沒有來到這一步。現在，謊言、暴力成為主角，大蕭條山雨欲來，其實，精神的蕭條早就發病了。我選擇相信／迷信，這是一連串意識提升的盛大儀式、黑天鵝出現了，撒向我們一頭鵝糞，是一個神秘的契機。

大夜・恐慌

未来、逃亡、儀式についての物語

キャスト

ファーストフード店唯一の店員

シニア（狂）　常連客、男性、ヒステリックで暴力的、重度の肥満で体が変
　　　　　　　形している

シニア（夢）　常連客、女性、体が不自由、三輪車と一心同体、三輪車の上
　　　　　　　にミルクをいっぱい載せている

シニア（毛）　常連客、中性、陰謀論者、防疫のための衣装、呼吸器、酸素
　　　　　　　発生器を携帯している

シニア（靛）　新しい客、女性、見た目は優雅、自称貴族の生まれ、藍色の
　　　　　　　血を持ってる

投資系インフルエンサー

ビーナス（人工知能 AI）

CEO

CEO のむすメ

YouTuber

YouTuber の旦那

青年

少女

会社の守り人たち

氷人

掃除機ロボット

場面

大恐慌が起きた時代（2040-2050）
とある夜。ファーストフード店の店内。

唯一の店員とシニア数人との無駄話、思い出話と幻想。

● ●

大夜・恐慌

第1場　ファーストフード店

· ·

音楽
シニアたちが舞台を往来している。
ファーストフード店の店員の幻想、演説。

店員　　（スローガンのように）最後の藁を載せたら、ラクダの背が折れた！

　　　　　大きいラクダが一頭！ムネが３つ！いや、コブが３つ！大きいラク
　　　　　ダ！ドデカラクダ！ただデカい！

　　　　　国際化！グローバル化！
　　　　　ポスト国際化！ポストグローバル化！
　　　　　ポスト・ポスト国際化！ポスト・ポストグローバル化！
　　　　　ポストポストポスト、なんとか化かんとか化！

　　　　　３万店舗オープン達成！宇宙最強！
　　　　　３万１号店、北極店！
　　　　　３万２号店、月店！
　　　　　３万３号店、大恐慌到来！───ドカンンン！爆発した！虫の息
　　　　　だ！

　　　　　ブラックスワン！グレーリノ！最後の藁を載せたら、ラクダの背が
　　　　　折れた！
　　　　　ははは！動物が大逃亡！大移動！

　　　　　（床にあるロボット掃除機を踏んで）

　　　　　ドイツがテクノロジーを提供、日本が加工、フランスがデザイン、
　　　　　ベトナムが製造。
　　　　　グローバル化「人工低能」のゴミ！
　　　　　地元の住民からは目をそらし、外人とあらばホイホイ寄っていく

（動き）――
すけべ！売国奴！
邪魔者め――！

（シニアを一気に罵る）この老いぼれどもめ、お前らは寄生虫、ゾンビ、生ける屍、社会の重荷、使い終わったコンドーム！いつまでも居座って、どーでもいい無駄話をして、生産性０！あっちこっちでおしっこやらうんこやら漏らして、人の商売を邪魔しやがって！

（ライトチェンジ）

時刻は夕暮れ。
町中、小さいショッピングモールにあるチェーン店のファーストフードレストラン。

大恐慌時代（2040-2050）
店内はガラガラで、ひっそりしている。窓から夕日が差し込む。
古びた奇妙な「掃除機ロボット」が床を行き来している。

店内放送がぼんやりと流れている。言語は不明。

室外は異常に気温が高く、レストランの冷房が弱いため、室内でも猛烈に暑い。「シニア」数人は椅子を占拠している。

唯一の店員は黙々と掃除している。

狂　　（店員に）お前、人間か？

　　　おい、人間かって聞いてる！

大夜・恐慌

店員　　…埃ひとつもないでしょう？

夢　　　居させてよ！ね、いいよね？

毛　　　外は40度以上ってよ！出たら死んじゃうよ！

店員　　どいてください。…埃ひとつもないですよ？

狂　　　お前、人間か？

　　　　人間かって聞いてる！

　　　　今や大恐慌だぞ！このクソレストランは、企業としての良心を持ってるのか？社会貢献はしないのか？

　　　　（店員は逃げて、去る）

夢　　　ねえ！一席くらいいいじゃない。おしっことかうんことか漏らしてないし！

狂　　　おい、お前！こっちに近づくなよ。加齢臭くせえ。

夢　　　（自分を嗅ぐ）わたしビーガンだし、内視鏡手術7回もしたし、臭わないよ…プラスチック臭はあるけど。

毛　　　陰謀ぢゃ！

狂　　　「陰毛陰毛」って、飽きないかい？

毛　　　大恐慌の目的は、わたしたちを「皆殺し」にすることだ！

夢　　　劫（こう）＊の運命からは逃げられない！劫ってどう数えるっけ？
　　　　一劫って何年？
　　　　（＊訳注：劫（こう）：仏語。きわめて長い時間。古代インドにおけ
　　　　る時間の単位のうち、最長のもの。）

毛　　　うるさいな！（目を凝らして）──今調べてるから──小劫は
　　　　1679万8千年、中劫3億3596万年、大劫13億4384万年。

夢　　　長っ！待ってるうちにおしっこ漏れちゃうよ。

狂　　　俺の腎臓、膀胱、「前立腺」もメイドインスイス！30年保証。

毛　　　中にチップ入れられたんじゃない？

狂　　　そっか。だからいつも思った通りにいかないのか。

毛　　　監視されてるよ。

狂　　　キッショ！

夢　　　今日熱中症で死んだ人、何人いるかな？

毛　　　（ネットで調べている様子）11人だって…予報では深夜11時59分
　　　　までは21.5人。

夢　　　人間は天気を操れるようになるって誰が言った。

狂　　　ちん〇も操れないくせに！

毛　　　おまえのちん〇にチップが入ってるからね！

夢　　わたし、昔よく考えてた。人間はいつか自然に勝つって。雲でも作って、太陽を隠して、反対側は雪を降らして、流れ星を飛ばすの。そして、わたしは恋人と手をつないで、骨董品の緑の自動運転車に乗って、17色の虹に向かって行く！

狂　　（笑う）車を揺らしながら。

夢　　車揺らしなんてもう歴史よ。

狂　　（笑う）放射能に気をつけろよ！皮膚がんになるから。お前のおっぱいも溶けちゃうよ。

夢　　このおっぱいは永久保証なの。

毛　　（頭を振る）大きな陰謀だ。

（3人、大笑いをする）
（店員が戻ってきて、何かを言いかけてやめる。また仕事を始める）
（3人はまた店員を叱り始める）

狂　　お前、人間かよ？

夢　　こんな弱い冷房じゃあ、ハエしか来ないよ！

毛　　ハエもいないでしょう？こいつ、ハエを全部殺したの！大虐殺よ！

夢　　空気になんか変なもの入れたんじゃない？

毛　　空気にナノマシンが入ってるんだ。吸うと依存になるのよ。

夢　　依存になっちゃうと、ここにまた来たくなるよね。

毛　　ミルクに大麻が入ってるから、飲んだらやめられない。

狂　　うわ、このクソ株、２セントまで下がりやがった！くそー！大負け
　　　だ！

夢　　「ファーストフード株」でも下がるときは下がるさ。

毛　　投資系インフルエンサーなんてみんな詐欺師だ！

狂　　マジで大負けだわ。一生ここでただ飯食わせてくれても気が済まな
　　　いよ。どうしてくれんだよ？

店員　埃ある？埃ない？埃一つもない。

　　　（間）

狂　　（店員に）血液検査だ！

夢　　（店員に）血液検査だ！

毛　　（店員に）血液検査だ！

　　　（店員、逃げるように去る）

夢　　わたしね、実は「安楽死」を予約したんだ。今順番待ち。

毛　　どのくらい待つの？

夢　　3 年と 87 日。

毛　　へー、それまで待てる？

夢　　それまで頑張って生きるよ。

毛　　あんた、見た目は若いよね。

夢　　パック、レーザー、全身デトックス、ちゃんとしてるから。10 年前に買ったクーポン、まだ使い切ってないの…いる？

毛　　（頭を振る）クーポン？い──

夢　　「陰謀」って言いたいでしょう。あんたのクソまじめなところ、羨ましいよ。

毛　　しょうもない話をしてると、時間がたつのが早いよね。

夢　　一日千秋よ…13 億 4384 万年…

毛　　そしたらさ、豚とか飼ってみない？豚飼ったら「体を動かせる」よ。

夢　　動く？動きたくないのに、なんで動くの？

狂　　体動かしたほうが長生きするから！豚の散歩、うんち連れて行ったりおしっこの処理したり、フリスビーで遊んだりさ！

夢　　本物の豚？それとも AI 豚？本物の豚高いよ。

毛　　息子に買わせれば？

狂　　　お前息子いるの？見えないな！なんで言ってくれないんだよ？

夢　　　彼は今パリ？インド？それかベトナムにいるかな？息子は「AI ドッグ」は 3 匹、それと、下半身が超硬合金でできてるダメ人間 1 人を飼ってるんだ。

狂　　　あほ、気違い、バカちん！

夢　　　私が豚を飼うの嫌がってる。本物の豚。

狂　　　名前は「ポチ」でどう？

毛　　　ハナちゃんがいいな！

夢　　　ダメよ。家にカメラあるから、24 時間監視されてるわ。

毛　　　げっ、監禁じゃん。

狂　　　家に帰るなよ。

夢　　　じゃあどこに行けばいいの？

毛　　　陰謀だ！

狂　　　（大声で叱る）いっつも「陰毛陰毛」って、別の言葉ないのか！

毛　　　（笑う）大陰毛！

狂　　　このセクハラ野郎！

毛　　お前にはしねえよ！

狂　　かかって来いよ！

毛　　お前が来いよ！待ってやるぞ！──

　　　（二人は口喧嘩をする。夢は突然立ち上がる）

夢　　（突如に）…昨日の夜、「観音様」が夢に出てきたの。わたしの手を
　　　取って、山に登った。高い山。そこに雲があって、雪が降っていた。
　　　空に黒いドローンがあった。観音様はわたしの手を取って、山に登
　　　った。高い山。そこには雲があって、雪が降っていた。山に登って、
　　　登って、登り続けた。それだけ。

毛　　それは「怪談」だな。

狂　　怖ぇえ。

夢　　私も怖かったよ。

毛　　豚飼っちゃいなよ。

狂　　本当に息子がいるの？

夢　　もう 20 年以上帰ってきてないの。それでも息子と呼ぶ？

毛　　親不孝な息子だね。

狂　　…俺も、観音様の夢見たことあるよ。めちゃくちゃ美人でさ、俺の
　　　手を取って、ずっと空を飛んでた。飛んで飛んで、「ワームホール」

に飛び込んだんだ！そこに入ったら、元々硬かった俺が、一瞬でふにゃふにゃになってさ…んで、１万分の一秒の速さで、飛んで飛んで、シリウスに辿り着いたんだ。そしたら俺、また硬くなった！硬い俺からふにゃふにゃになって、またふにゃふにゃから硬くなったってわけ！

毛　　それは「エロ話」だな。

狂　　いや、起きたとき、パンツ濡れてなかったよ。

夢　　（笑う）病気じゃね？

狂　　あほ、気違い、バカちん！

夢　　みんな病気だよ、病気じゃない人いる？病気は罪じゃない。

（店員は戻ってきて、ほこりを払う）

店員　埃一つない、でしょう？

（間）

ここはレストランだ。注文もしないで、ただ喋ってるだけなら、出て行けよ——

狂　　お前、それでも人間か？企業としての良心持ってるのか？社会貢献はしないのか？知ってる？今は大恐慌なんだぜ！ここの食べ物はさ、クソまずいのに、一ドルも値下げしてくれない！ティータイムの魚定食はいっつもうんこみたいに臭い！それでもよ、景気がいいときはよ、俺たちはまずくてもここを通っ

てたぜ？な？俺たちがいないと、こんなに儲かったと思うか？！大恐慌になったらいきなり上から目線？！居座り禁止？「物語」を語るのも禁止？はぁーお前何様だぁ？！俺は語る！怪談も、エロ話も、なんでも語ってやる！毎日来て、毎日語る！ベロから血が出るまで語るから！止めてみろよ？はぁ？おめえなんかで俺は口を塞がないからな！

（シニアたちが加勢して店員を罵倒する）

3人　　血液検査だ！…

（ライトチェンジ）

90　　店員　　…そんなに話がしたいんなら…高架下とか…公園とか…公衆便所…老人ホーム…精神病院…劇場…映画館…公民館とかなんとか会館行けばいいじゃんか…ファーストフードレストランに来るなよ…レストランは食事する所なんだよ…。提供は早く、量は多く、塩分と糖分は高く、それがファーストフードレストラン！！店内にはソファ、アロマ、7G、小豆パフェ、なんでもある！サービスいっぱい、サービスサービス！

（音楽）
（転換）

第2場　ベトナム、ホテル

・・・・・・・・・・・・・・・・・・・・・・・・・・・・・・・・・・・・・

浜辺にあるフランス風ホテル

投資系インフルエンサーはネット民に殺されるのが怖くて、逃亡して小さなホテルに身を隠している。
ビーナス（AI）の姿。隣で静かに待っている。

投資系インフルエンサーの話し方はプロフェッショナルで、大胆で、エンターテイメント性が高いため、ひと昔は、「最優秀投資系俳優」とも言われている。
彼はライブ配信している──興奮状態で、時にヒステリック。

投資系インフルエンサー　　　…よく聞け、俺は今、正式に、みんなの前で、お前の母ちゃんを犯してやる！

（間）

お前の母ちゃんの時代はね、誰もがカエルをさばいたことがあるんだ。あれはショーだ。頭をちょん切って、そこから指を皮と肉の間に入れて、皮を掴んで引っ張る！あの皮は全身タイツみたいに汗でくっついてるだけなんだ。引っ張ってその「服」を脱いだら、きれいに皮を剥ける。皮剥かれたカエルは、おしっこが出るんだぜ…。あれはショーだ。儀式だ。　ジョークだ。

（間）

最近インターネットで俺を脅迫する「書き込み」がいっぱいあるんだよ。「お前をしばるぞ」

とか、「切り殺す」とか、「皮剥いでやる」とか、「チンチンちょん切ってやる」とか！はぁ？やれるならやってみろよ！口先だけだろうが！俺はベトナムのフランス風ホテルでシャンパン飲みながらお前らを待ってるぜ！

（間）

人間でも幽霊でも、負けを認めなくちゃ！２年前、みんなに勧めた株は間違いだった。それは俺が悪い！認める！でも、途中で上がった時もあったろう？そこで儲かったじゃん？今回はさ、あのファンドマネジャーがずっと「この株は青天井だよ」って嘘ついて、みんなが買ったとたんに足引いて株価を暴落させたんだ。俺も被害者。同じ救命ボートに乗った仲間だよ。

術数、易経、風水…偽占い師を信じるな！トレンドはフレンドだ？信じちゃだめ！ビッグデータを信じるな！ブラックスワンもグレーリノも信じるな！アマゾン、グーグル、１割信じたら、痛い目に合うぜ！バークシャー・ハサウェイ、ファックユー！クォンタム・ファンド！ふざけんな！

大恐慌は大きなブルマーケットの大調整なんだ。信じて…俺は今マイナス資産になっちゃったけど…大丈夫…マイナス100万はすぐまたプラス2000万にひっくり返せるから。昔もこういう経験があったんだ。あ、そうだ、実は俺、投資レッスンを開いたんだ。どう

やってマイナス100万からプラス2000万になれるか教えてあげるよ。

金融とは？「財産で時空超えを実現すること；過去、現在、未来、行ったり来たり。」俺は49日閉じこもって修行して、「時輪タントラ」と「孫子兵法」を融合した。奥深いよ…さあ、レッスンにいらっしゃい。教えてあげるよ。太陽の下に永遠に変わらないものがある。科学は必ず経済より上。経済は必ず政治より上——

（喋り方を変えて）ここは政治については言わないから、好きじゃない奴は勝手に消えてください！（喋り方を変えて）好きならイイネを押してネ——

（激しく）これは「転がりベアマーケット」だ！今は景気後退してるけど、転がっていたらまた上がっていく！長い目で考えると、「テスラ」に全財産を賭けたほうがいい！今買うとお得だぞ！ほら、俺、20何年前、クラウド関連株を買えって言ったでしょう？途中で何百倍にもなったの、覚えてる？そこで手を引かないのは俺のせいじゃない。あの結果は、お前らの欲望がデカすぎた報いなんだ。俺のファンド業績はアジアでナンバーワン！あの頃は、ビッグデータも俺より情報が遅かった。投資は、eスポーツのように、反射神経を使うんだ…でも、早すぎてもいけない。購入するその瞬間は、芸術だ。レッスンを受けにいらっしゃい。ゆっくり話すよ。

（間）

クソ奴らが俺を消そうとしている！俺が本当の
ことを言うから。奴らの商売を邪魔するから。

（ヒステリックに）バカ言うな！金（きん）を
買うな！日本円を買うな！俺と半分こで買えば
絶対に負けない。俺の言うこと外れたら、俺の
ズボンを脱いで逆さまにして、金玉を吊り下げ
てもいい。

（間）

引き潮になった時に初めて、誰がハダカで泳い
でいたか分かるものさ――

（ライブ配信が終わり、投資系インフルエンサ
ーは普段の姿に戻る）
（ビーナスは振り返る。彼女は清純派の顔をし
ている。見た目は人間と変わらない）

ビーナス　　　　　すみませんが、ご協力ください。わたし、あと
18分しかありません。次の無人運転車は20分
後に迎えに来ます。この後は44件の依頼が待
っています。男36人、女4人、不明4人。大
恐慌時期、売上げ絶好調。

14356、あなたの注文番号は14356、間違いな
いですね？

Aセット、消化しやすい、濃い味、流量は3A、吸引力は5A。フレーバーは、マツ、ワカメ、フルーツ、どちらにしますか？「ビッグデータ」によると、あなたはアレルギーなし、間違いないですね？初めてですか？（笑）初回はおまけがあります。

（笑）心配しないで、リードします。肝心なのはリズム、これはある種の本能、ある種の儀式。

（間）

大恐慌時期、多くの成人は私たちを選びます。最後の晩餐として。牢屋に行く前、離婚する前、移民する前、山に登る前、ワーホリに行く前、研修に行く前、練炭自殺する前。（笑）わたし、時間がないので、ご協力ください。

（間）

ビッグデータによると、あなたはフルーツ味が好きらしい。日本の13から15歳の少女のパンツはこの味に似てる。科学根拠はないが、お客さんからはリンゴっぽい、天ぷらっぽいといったコメントがあります。脳は真実を作って自分を欺く。多分…文化に関係あると思います…ユニーク系だと、フィンランドの雪山の松は人気です。宇宙シグナルが大量に含まれてるから、ね？中国人少女？ははは、お客様、冗談はやめてください、中国は…もう存在しませんよ。

（間）

左？それとも右？

寝るときの姿勢は、左向き、右向き？ご協力ください。急いでいます。今日、人類は重大な時を迎えます。大粛清、大きな震動、脳波を変えて、意識を向上する、体の機能を改めて評価し開発する。第一段階は、「口腔機能」の修復プロジェクト、只今進行中…

（ビーナスは喋りながらインフルエンサーに近づき、一連の動きをする）

癒し、心の静まり、覚醒…

（間）

「新鮮」なうちに、お早めに飲むことを推奨します。ご安心ください。あなたが飲んでいるのは、100％「人乳」です。が、人間由来のモノじゃありません。わたしはただ中性の媒体であって、液体はわたしを通してあなたの口に入る。成分は2の次、食感が一番。大人には精神上の癒しを求めるために、こういった「吸う」動きが必要です。

これから進行していくとき、あなたを愛撫します。3パターンがあります。（動き）母性の強さが違うのが分かると思います。

分かっていただきたいのは、愛撫はただの愛撫ですので、「欲望係数」はほぼ0です…（愛撫して）…ねえ、あなたといると、わたし、お父さんのことを思い出すわ…わたしもあなたもお父さんがいる…お父さん…お父さん…お父さんって呼んでいい？うん…でもあなたはまだ若い…若々しくてカッコいい…お兄ちゃん…お兄ちゃん…お兄ちゃん…うん…ご主人様…ご主人様…たたかないで…ご主人様…痛い…ご主人様…ねえ？値段は上がります…教授…教授…頭いい…すっごい…社長…社長…申し訳ありません…残業します…だから――

癒し、心の静まり、覚醒…

始めてもよろしいでしょうか？無人運転車は2分後に窓につきますので――

（間）

投資系インフルエンサー　名前は？

ビーナス　（ベトナム語で）Diem、売女よ。（ベトナム語で）Tôi rất lo lắng、緊張します。初体験です。

投資系インフルエンサー　株やってる？

ビーナス　（嘘笑い）ははは！おもしろっ。

大夜・恐慌

投資系インフルエンサー	買わないほうがいいよ。
ビーナス	（嘘笑い）ははは！おもしろっ。株のことは分からない。わたしの専攻は心理学、スタンフォード大学卒業だわ。この難局を、ともに乗り越えましょう。
投資系インフルエンサー	なんか面白いこと言って。
ビーナス	（手を伸ばして）この難局を、ともに乗り越えましょう。
投資系インフルエンサー	（笑）消毒済み？
ビーナス	一級真空消毒よ。
投資系インフルエンサー	俺、潔癖症なんだよ。
ビーナス	肉体の真実は、存在した証、鮮やかな一コマ。永久不変ではない。
投資系インフルエンサー	でたらめを言うな。
ビーナス	グーグルです。グーグルがわたしをスタンフォード大学の図書館システムにつなげた。
投資系インフルエンサー	ああいう引用は大体偉そうに書いてるんだ。もうよせ。
ビーナス	承知しました。あなたが好きかと思って。あな

たの演説は全部観ました。わたしはあなたの大ファンです。あなたもよく人のことを引用するから、喜ぶと思って使いました。二次創作して、リスナーの感情を煽ってた──

投資系インフルエンサー 「スタンフォード」はクソくらえ。

ビーナス ソーリー…

投資系インフルエンサー （笑う）励ましの言葉を言って？

ビーナス いいよ！わたし、あなたの大ファンです！…ウォール街は墓場、ウォール街は屠殺場、ウォール街は風俗街…（繰り返し）

投資系インフルエンサー 延長したい。

ビーナス もう時間です──15分2000ドルでよろしいでしょうか？リマインドですが、あなたの口座は残り329.9ドル…

投資系インフルエンサー 確認した。

ビーナス …お名前は？

投資系インフルエンサー …バフェット。

ビーナス はい…バフェット。ビッグデータによると、あなたは被虐嗜好だそうです。間違いないですか？

投資系インフルエンサー　　間違いない。

（ビーナスは彼を腕の中に抱き込む）

ビーナス　　…バフェット…もう少し「人間」レベルを上げましょうか…あなたは人間味があったほうが好き。間違いないですか？

（ビーナスは乱暴に投資系インフルエンサーの喉を掴んで、口を開けさせる）

…バフェット…人乳は、認知症、体の退化を予防できる…精神病、うつ病、いらいらなども解消できる…バフェット…わたしのこと…お母さんって呼んでいいよ…ママ…マミー…母ちゃん…

投資系インフルエンサー　　…これは、五つの波動のうちの最後の上昇波だ。デッド・キャット・バウンス、棒下げとなってまた跳ね上がるんだ！青天井を買っちゃだめだ、死ぬときはぼっちだぞ！俺を信じろ！乳産業だ！乳産業に投資しろ！「前途ヨーヨー」あるよ！世界はどう変わろうとしても、「授乳業」の株は天井知らずだから…あれは白い金だ、石油よりも、不動産よりも、8G、9G、10Gよりも価値がある…俺を信じろ…今が買い時だ、安いときに買い溜めろ…

（音）
（転換）

・・・・・・・・・・・・・・・・・・・・・・

シニアたち、前場と違う場所に座っている。
店員は隣で掃除している。

毛　　（虚ろな目でネットサーフィンしてる）牛乳を飲むな！タンパク質
　　　は膝のお皿にあるカルシウムを壊すんだ！女は特に危険、骨折して
　　　転びやすくなるし、毎日飲むと、卵巣がんにもなる。男だと、前立
　　　腺がんになる！

夢　　本当に悪質な呪いだわ。ま、牛乳はとっくにやめたからわたしには
　　　関係ないけど。

狂　　俺の前立腺はメイドインスイスだ。30 年保証がついてる。

101

毛　　牛乳飲むと子供産めない！出生率が下がる！これは闇の政府の「人
　　　口削減計画」だ――

　　　（突然、シニア（靛）が入ってくる。彼女は新しい客。おしゃれで、
　　　一挙手一投足も優雅である）

靛　　外は暑すぎるわ。（店員に）すみません、お水をください…！

夢　　ここの水、一杯 10 ドルだよ！

毛　　変なもの入ってるのよ！飲まないほうがいいよ！

靛　　10 ドルくらいあるわよ。

狂　　買うなって！

靛　　だって、お店には電気代とかガス代とかのコストもあるでしょう？

狂　　1ドルも払うな。この店には良心がないんだ。

　　　お前、人間か？

　　　おい！人間か、って聞いてんの！

　　　（店員は靛の横に近づく）

店員　埃一つないでしょう？一時間ごとに掃除してるんだ。どう？埃ない
　　　でしょう？

靛　　…ないわ…素晴らしい…ですね…一つもない…お水を…ください…
　　　氷は少なめでお願いします。あ！やっぱり牛乳にするわ、無調整牛
　　　乳で！

店員　わたし、清掃係です。

　　　（沈黙）

　　　（大声で）…注文しないなら、出て行けよ！…ドアのところにな、
　　　赤外線があるんだ。地面から3寸のところに、左から右にわたって。
　　　その赤外線を跨いだら、死んでもこっちの責任じゃないから！

狂　　出ていけって？殺す気か？そこの「AI警備員」にスタンガンで撃
　　　たれちゃうよ！

毛　　外はくそ暑いし、わたしのおっぱいも溶けちゃうわよ。保険の保障
　　　範囲に入らないからさ、溶けたらどうしてくれるんだよ？

狂　　あ、そういえば、俺の脂肪はね、中にお前の会社のロゴが入ってるんだよ！

毛　　（笑う）あんた、一日七食でしょ？それはそうなるよ！慢性自殺だよ！

狂　　ちっ！また「陰毛」でしょう？お前外に出るなよ！何しに来たんだよ！

毛　　わたし…わたし…運動しによ！運動！

狂　　ペットの豚は？

毛　　このトカゲ人！爬虫類！

狂　　俺はドラゴン星人！羽生えてるぞ！ワオーワオー…

毛　　かかってこいや！

　　　（二人はまた口論する）

店員　（大声で）埃あります？埃一つない！出て行けよ！

夢　　ちょっと、この場所はあんたの物じゃないし…51 年前、ここは公園だった。大きな木があって、みんなの物だった。251 年前、ここは集団墓地だった、人間と幽霊が楽しく仲よく過ごしていた。2001 年前、前漢の時代、ここは広東オペラの大劇場だった、賑やかでみんなでわいわいやっていた！10001 年前は氷河期、みんな単細胞生物だった。空も大地も広かった！ここはお前らの物じゃないの！何を根拠に我々を追い出すのよ！

（全員、拍手）

靛　　わたし、なんか買うよ…

夢　　コオロギ揚げはうまいよ。

狂　　食べたら高血圧、糖尿病、高脂血症になって早く死ぬけど、これは
　　　うまいぜ！

夢　　ポテトのほうが安い。

狂　　単品にしてもセットにしてもコスパ悪すぎ。

毛　　ポテトはジャガイモじゃなくてコーン！コーンはトウモロコシじゃ
　　　なくてサーモンの遺伝子が入ってる！サーモンは鮭じゃない！

夢　　べらべらうるせえ。

毛　　全部あいつらのロゴが入ってるの。

狂　　高けぇぇよ！

夢　　ちょっとトイレ！おしっこ！

毛　　昔はシーフードもあったね。

狂　　オットセイの金タマシチュー！

夢　　すっかり歴史に消えたね。

毛　　牛肉はインドからの輸入品だった。

夢　　インドはいいとこだったね。経済はぐうっと上がって、ぐうっと下
　　　がって、またぐうと上がる。

狂　　俺も全財産をインドに投資しとけばよかったなぁ！

毛　　元本保証は信じちゃダメ！

夢　　検査したら治療しなきゃいけない。治療したければ保険を買わなき
　　　ゃいけない。保険を買ったらまた治療を受けて、検査をする…銀行
　　　に、保険会社に、病院に、振り回されてるだけだわ！

靛　　ははは…私が通ってる婦人科のAI医者がね、いつも聞くの：「閉
　　　経した？閉経した？」って。もう本当にいやで。ある日わたし冗談
　　　で、「夢の中　閉経の花牡丹かな」って言ってやった。どうだ、対
　　　応できないっしょって思って。そしたらあいつが、「菊の茶に　ク
　　　コの実入れて　おすすめよ」って言い返してきた。もうびっくりし
　　　て。はっと気づいたら、そいつにスタンガンで気絶させられて、卵
　　　巣取られちゃったわ。ははは！——

　　　（間）

　　　ちょっと注文するね！——

　　　（間）

　　　あ…いっその事、この店を買っちゃおうかな…現金でいい？電子マ
　　　ネーなんて信用できないわ！ははは！ビットコインでお支払いでき
　　　る？ははは！ははは！

（みんなは靛を見つめる）

店員　ソフトクリーム！
　　　滑らかで濃厚なソフトクリーム！1.5ドル一つ、一つ1.5ドル！

（静かな間）

（跪く。泣きそうな顔をして）お願い…

靛　　ソフトクリーム食べると、ダイアリーア（下痢）しちゃうんだよ…
　　　あ、ごめん、日本語でなんだっけ？あ！そうだ！「下痢」だ！助け
　　　てあげたいけど…食べても下痢にならないソフトクリームある？…
　　　本当に助けてあげたいの…そうだ…おむつなら買いますよ。

店員　おむつはうちの担当じゃないので…

（間）

連日の雨がやっと上がった。道端で、カタツムリが出てくる…ガ
シャガシャ…ガシャガシャ…人も車も犯人だ。カタツムリは生きたま
ま、粉々になって、3Dが2Dに、バラバラに、肉片になって、死骸
だらけ…危ない、大雨のせいで、どこもかしこも地獄だ、ガシャガ
シャ、ガシャガシャ──わたし見たんだ、ボーイング747が…カタ
ツムリを轢きつぶしたところ！

夢　　お、カタツムリか、最近食べてないね！

毛　　それはカタツムリじゃなくて、バイ貝よ！

靛　　エスカルゴよ！ははは！エスカルゴは飛行機に乗ってるんだよ！は

はは！

店員　もう出て行ってくれ…お願いだから…（涙を垂らしながら）この仕
　　　事が必要なんだ…大恐慌で保険会社が全部潰れたし、年金もまだま
　　　だもらえないし。

狂　　（パンツから小銭を何枚か取り出し、床に落とす）ソフトクリーム
　　　一つ！──

　　　（間）

店員　（泣きやめ）お客さんの買い物を手伝っちゃダメなんだ…禁止事項
　　　だから…監視されてるから！

狂　　買ってくれるの？買ってくれないの？

毛　　血液検査だ！

夢　　血液検査に行けよ！

　　　（店員への罵倒は繰りかえす）
　　　（店員は小銭を拾い上げる）

店員　…羊乳味、豚乳味、人乳味、イチゴ味…どれにします？個人的には
　　　イチゴ味が好きかな。

狂　　イチゴ味で。

店員　売り切れです。

狂　　　大麻味は？

店員　　それは 3 ドルです。

狂　　　「ともに乗り越えましょう」って言ってたくせにクソ野郎。

店員　　大恐慌ですよ、大麻だって値上げしましたよ。

狂　　　くたばれ！

店員　　プレーンだけ 1.5 ドル。

狂　　　もーなんでもいいよ。

店員　　会員？

狂　　　期限切れた。

店員　　継続しますか？継続する場合はポイントたまりますよ。只今ソフト
　　　　クリーム買うと 0.0001 ポイントをプレゼントします。

狂　　　くたばれ！

　　　　（店員はソフトクリームを買いに行こうとしたが、やはり戻ってき
　　　　て、お金を狂に返す）

店員　　…やっぱりご自分で買いに行ってください…私はただ自分の職務を
　　　　果たす、けして会社を裏切らない、低級店員です…私に課された責
　　　　務は、全身全霊でここの埃を全て払うこと。会社は国際化、グロー
　　　　バル化、宇宙化の長期計略的計画を立ててる。新しい業務を取り組

んでいる——スーパーマーケット、AI ヘルパー、不動産業、大人
のおもちゃ、宇宙旅行、そして「授乳業」…大恐慌の不況で全部潰
されちゃった。私たち人間店員は、自分の役割を果たして、耐えて、
犠牲にして、自分の全てむき出して、会社のために無償で死んで捧
げるしかない。

(ライトチェンジ)
(店員の記憶：両腕に CA 何人かを抱いている)

…俺は昔、パイロットだった…CA を口説いて、機内で(卑猥な笑
いを浮かべ)ラスベガスの松茸ジェラートを食べたんだ。一つで
100 アメリカドルだった。あーんしてアーンしてもらってさ。チュ
ウしてチュウしてもらってさ——

(転換)

第4場　日本京都、コンビニ

・・・・・・・・・・・・・・・・・・・・・・・・・

ガラスを越して
時に流れ星の光

二人の女は外を眺めながら、白い液体を飲んでいる。
CEOの見た目は大人っぽく、ジャケットに会社のロゴが入っている。
むすメの見た目は中性。
近くには「会社の守り人」が何人か。

CEO　　　　　　　ソフトクリーム食べる？北海道牛乳で作った物なの。和牛より高いよ。

むすメ　　　　　　（首を振る）あんたビーガンだと思ったわ。

CEO　　　　　　　ビーガンも牛乳くらい飲むよ。

むすメ　　　　　　京都は、永久不変だと思ってた。

CEO　　　　　　　桜は年に3度咲く。

むすメ　　　　　　遺伝子操作、クローン。嘘っぱち。

CEO　　　　　　　アンダーコントロールよ。あいつら秩序を信じてるから、観光業を盛り上げられるし。

むすメ　　　　　　じゃあ、月一回咲かせたら？生理みたいに。

CEO　　　　　　　（笑）毎晩8時、「人工流星群」があるよ。

むすメ　　　　　　願い事？ばっかじゃね？

CEO　　　　　願えないよりはいいじゃん。

　　　　　　　（間）

　　　　　　　フェイクでも、少しだけ希望をね。

　　　　　　　（間）

むすメ　　　　ヤられたことある？

　　　　　　　（間）

　　　　　　　ヤられたことある？入会儀式あった？会費払った？

　　　　　　　（静かに、ミルクを飲む）

CEO　　　　　あなたのことわからない。「顔認証」がないと、あなたの
　　　　　　　ことわからない。

むすメ　　　　わたしは分かってる。

CEO　　　　　…Thank you…

むすメ　　　　手術はまだ全部終わってないんだ…

CEO　　　　　声も変えたのね。

むすメ　　　　これ、新しい声帯だよ。

CEO　　　　　OK…

むすメ	気持ち悪い？
CEO	OK…
むすメ	チューニングできるんだ。今は一番高い音の 230 Hz だから、210 Hz までチューニングできるの。
CEO	いいよ。今のでいい。
	（間）
むすメ	仕事を探したいけど。
CEO	（笑）今、大恐慌だよ。

むすメ	見てみたい？
CEO	何を？
むすメ	まだ途中だから、完璧じゃないけど。
CEO	うん…
むすメ	下はあとちょっと、お金が足りなくてね。上はね、自分の皮膚の幹細胞使ったから、100％天然。思春期始まったばっかりみたい（興奮して、服を脱ごうとする）――
CEO	見たくない！
	（間）

むすメ　　　　　あなたの「会社」って…どんな？

CEO　　　　　　会社、企業、機械、マトリックス、情報源、ヘブン、カバ
　　　　　　　　ラー、サマーディ、全部一緒、ラベルが違うだけ。

むすメ　　　　　どんな商売？

CEO　　　　　　なんでも…（笑）大きいところだから、なんでもやってる。

むすメ　　　　　人身売買は？

CEO　　　　　　はは！

むすメ　　　　　ヤられたことある？

CEO　　　　　　わたしはCEOよ。

むすメ　　　　　じゃあ人をヤったことある？

CEO　　　　　　あなたはわたしのDNAを持ってるわ。

　　　　　　　　（間）

　　　　　　　　あなたは私のむすコよ。

むすメ　　　　　むすメ。

CEO　　　　　　OK…

むすメ　　　　　わたしはあなたのむすメ。

CEO	OK…
	（間）
	京都はもう死んでいる。観光客 0、シーベルト 20、最高気温 50 度。
むすメ	いいじゃない、町は静かで。
CEO	大恐慌は偶然じゃない。仕組まれたのよ。
むすメ	また陰謀論？あほか。
CEO	考えたことないの？あなたはいつまでも 95％の大多数。遊ばれてる側。搾取される側。殺される側。
むすメ	そんなの気にしないし。
CEO	仕事探したいんでしょ？
	（流れ星が通り過ぎる）
	（外を見上げて）あれはさ、アホの金持ちが死んで骨になって、宇宙で散骨しようとして作り出した宇宙ゴミよ。
むすメ	わたしの骨は、魚の餌にしても、木の肥料にしても、トイレに流してもいいよ。
CEO	今これ、ライブ配信してるの？

114

むすメ　　　　　いや？

CEO　　　　　弊社の物は、すべて透明であります。

むすメ　　　　　広告入れないでよ。

CEO　　　　　弊社は、福利厚生完備、3食付きの社員寮あり、整形サポートあり、医療サポートあり、瞑想サポートあり。

むすメ　　　　　勘弁して。

CEO　　　　　弊社の「エナジーウォーター」は、メイドインスイスで、5分以内に配達。

むすメ　　　　　オフライン！

　　　　　　　　（間）

　　　　　　　　わたし彼氏がいたの。彼と台湾でカフェを開こうと思ってたの。あんたのせいでパーになっちゃった…

CEO　　　　　大丈夫よ、あなたはわたしのむすコだもの。

むすメ　　　　　むすメよ。

CEO　　　　　…あなたはわたしのDNAを持ってるから、わたしはあなたの面倒を見る責任がある。あなたの…面倒をみたい。

むすメ　　　　　あの日、お父さんは「ボーイング」に解雇された…お父さんは自分の舌を嚙み切って、その血でボーイングの理事宛

に抗議の手紙を書いて、奴らを呪った。そして、自分を縛って無人運転の飛行機に乗って、サンタモニカの海に飛び込んだ。

CEO　　　　　あの日、わたしはロンドンにいたの。会社の本部で、世界中に向けて年度総会をライブ配信してたわ。

むすメ　　　　お父さんは「ボーイング」を道連れにして死のうとした。

CEO　　　　　時々企業は殺人機械になる。

むすメ　　　　怨念が強かった。

CEO　　　　　…あれは儀式よ。舌を噛み切ったのは未来のため。その呪いは最後必ず成就するわ。

むすメ　　　　わたしはその DNA を持ってる。

CEO　　　　　95％、そうね。

　　　　　　　（会社の守り人たちは VR をつけて、ゆっくりとむすメに近づく）

　　　　　　　私の会社に入れば？

むすメ　　　　わたしに何ができる？

CEO　　　　　トレーナーとか。宇宙はブラックホールから始まり、ブラックホールで終わる。これは宇宙の法則。

むすメ　　　　　トレーナー？何のトレーニング？

CEO　　　　　ハピネス、ハピネスの真実。

むすメ　　　　　分かってるさ。

CEO　　　　　見せて？

むすメ　　　　　…今？ここで？

CEO　　　　　大丈夫。わたしは男のも、女のも、男女すべての組み合わせたタイプのも、見たことあるから。

むすメ　　　　　…わたし…あとちょっと足りてないの…

CEO　　　　　（手をむすメの股まで伸ばして、検査しようとしている）…今…わたしたちはもう崖っぷちまで追い込まれてるのよ…生きるか死ぬか…受け入れるか、滅亡か、2択しかないの…うん…女になるの？「子宮」は入れた？

むすメ　　　　　い…入れたよ…

CEO　　　　　…生理は？

むすメ　　　　　ある…ない…将来来るかもしれない…

CEO　　　　　（笑）オンナには生涯に3500日の生理が来る、あなたにはない。生理は、一年の四季のごとく、学習であり、経歴だ。あなたにはそういう体験が一度もない。

むすメ　　　　わたしは満月の日になると、ハイになる…

CEO　　　　　ばか。月は人体に影響与えないの。月の中は空っぽ。ただ
　　　　　　　の「人造監視システム」にしかない。神話なんて大嘘よ。

むすメ　　　　…あなたは…わたしのお母さん？…

　　　　　　　（会社の守り人はむすメを抑えて、無理矢理 VR をつけさせ
　　　　　　　る。むすメ、抵抗する）
　　　　　　　（音楽）

CEO　　　　　誰もあなたを傷つけたりしない。我々の会社に「教祖さ
　　　　　　　ま」はいない。「集団管理」をしているだけ。

あなたは訓練を受ける。まず、地面から離れる練習をす
る…吊り上げて、地面から離れる。毎月一回、44 の釣り
針であなたの皮膚を突きぬくの。麻酔薬は使わない。吊り
上げて…地面から離れる…すぐ分かってくるの。ハピネス
を。

わたしも、うちの会社もあなたを助けてあげたいの。世界
は真新しい秩序が必要だわ…あなたはわたし
の DNA を持ってるから、わたしはあなたのことをよく知っ
てる、分かってるの。あなたの DNA を見ればあなたの未
来が分かるから。こういう風にしっかり書いてある：乳が
ん 15％、パーキンソン症候群 5％以下、2 型糖尿 29％、1
型糖尿 2％、冠状動脈疾患 29％、B 型肝炎 50％、皮膚がん
4％——

CEO、むすメ　　——頭痛になりやすい、鼻炎、ヒステリック、孤独、女が

嫌い、湿性耳垢、不感症、政治が嫌い、暴飲暴食する傾向
がある、アルコールを摂取しても顔は赤くならない──

むすメ 　　　…自分が憎い…

CEO 　　　そ ば に い て あ げ る。 変 え て あ げ る。DNA が 分 か れ
　　　ば、データがあれば、科学を信じれば大丈夫。わたしと一
　　　緒に、会社のために頑張ろう、誰もあなたを傷つけない…
　　　もし誰かがあなたを傷つけようとしたら、それは、あなた
　　　が「本物」だって検証したいだけ：反応がある、ホルモン
　　　が分泌されてる、感じてるって…。全部そう、ことが始ま
　　　るときはなかなか受け入れられないの、なにもかも…これ
　　　はただの儀式、ただの記録、ただの数字──

　　　（転換）

．．．．．．．．．．．．．．．．．．．．．．．．

夢　　毎日、10001 歩。私はデータを信用しているの。昔のわたしはクソ
　　　真面目だったよ。毎日自分が 10001 歩を歩いたかチェックしていた
　　　わ。ウォッチが——ナノマシンがね、わたしの「耳」の中にあって、
　　　数えてくれてるの。料理するとき、用を足してるとき、犬と散歩し
　　　てるとき、ゲームしてるときも、数えてくれてる。私の足は動き続
　　　けている…毎日、10001 歩。このノルマ達成したら、病気にならな
　　　いってね。快感だわ…わたしのパートナーも、ウォッチをつけてる
　　　のよ。あの人はダンスが好きだから、すぐ 10001 歩達成しちゃうん
　　　だよね。わたしよりも早く。ま、ライバルがいるからもっと頑張れ
　　　るというか。ちなみに、カロリーもチェックしてるのよ。生活は、
　　　カロリーを燃焼するためのもの。燃やして燃やして燃やして。はは
　　　は。床掃除で 258 キロカロリー、チャーシュー作りに 200 キロカロ
　　　リー、（笑）セックス…キスして抱き合って 60 キロカロリー、「ベ
　　　ッドで運動」して 123 キロカロリー、わたし「やる」のが好きな
　　　の。でも毎日やると体に悪いから、うちのパートナーが耐えられな
　　　いの。三日に一回が限界…。健康を保つにはいい睡眠をしなければ
　　　ならない。わたしの ZQ は元々 50 しかなかったけど、呼吸法を勉強
　　　し始めたら 80 に上がったわ。ウォッチは言ってくれた。睡眠の質
　　　が良くなったから、寿命が 2％伸びたって。次の目標は ZQ96…ウォ
　　　ッチがなんでも記録してくれるんだ。呼吸、心拍数、噛む回数を（口
　　　の動き、やって見せる）、一口 10 回だと、少なすぎる。カウント
　　　してるよ、ほら今、カウントしてる。一口 31 回噛めば、食事は 2
　　　時間かかる。いいよね、よく分泌して、よく消化して、気分がよく
　　　なるの…（口の動きは続いてる）自分自身を管理して、コントロー
　　　ルして、自分のケツは自分で拭く、食べるときは 30 回噛む、朝
　　　起きたら 100 回、寝る前に 300 回、テレビを見ながら 50 回…ねえ、
　　　あなたウォッチ持ってる？

店員　　俺は昔、パイロットだった。これは、俺が操縦した飛行機がインド
　　　洋の上空を通過してるときのことだった：（無線機の通信音を真似

て）…グッドナイト、グッドナイト…（無線機の通信音を真似て）…
メーデー、メーデー、メーデー…

（ライトチェンジ）

狂　　（店員を脅迫する）この玉無し！どーなんだよソフトクリームを買
　　　ってきてくれるよな？！

店員　埃ひとつない、でしょう？

狂　　訴えてやる！一番悪質な、陰険な言葉でお前を訴えてやる！お前の
　　　名誉を傷つけてやる！中指を嚙みちぎって、その血でクレームを書
　　　くぞ。おまえんとこの人間従業員は、無責任で、人間性がなくて、
　　　年寄りを虐待してる！セクハラ、人種差別！「1.5ドル」のソフト
　　　クリームさえ買ってくれない！って。

全員　血液検査だ！（繰り返し、指を差す）

店員　…わかりました。今回は人道的な観点から考慮した上で、破格で助
　　　けてあげましょう。一度きりですよ！…羊乳味、豚乳味、人乳味、
　　　イチゴ味…個人的にはイチゴ味が好きかな。

狂　　プレーンだよ！バカ野郎！

夢　　ついでにわたしのも買って来て。

毛　　わしもわしも！ソフトクリーム、ミルク抜きで！

夢　　大盛でね、2周くらい多めに。

毛　　　わしもわしも！

靛　　　じゃあわたしも…お願いします…

店員　　（狂を指さして）このお客さんのためにソフトクリームを1つだけ
　　　　買ってきます！次はない！

靛　　　いってらっしゃい。

店員　　他のやつらは、とっとと消えてくれ！

全員　　（乱暴に中指を立てて）くったばれクソ野郎め！

　　　　（店員は背を向け、ソフトクリームを買いに行く。退場）

靛　　　（優雅に）BRICs（ブリックス）…その中の4カ所は行きましたわ。
　　　　金（きん）がいっぱいあるところ。金は高貴で素晴らしい。でもそ
　　　　の煌めきが分からない人ばっかりだから、かわいそうに…。（自分
　　　　のこと）彼女は下劣で愚かになってしまった。元々は詩人のような
　　　　気質を持っていて、直感を信じて、なかなかつかめない人だった。
　　　　生活はつらいけど、重みがある。彼女には傷痕がある。現実に不満
　　　　を持ってる。彼女には傷痕がある。それに触ると、おぼろげで触れ
　　　　られない詩人の気質をつかめるようになるよ。彼女は祈った；漂っ
　　　　てるアストラル体になりたい。宇宙の、ブラックホールの額縁で、
　　　　同じ周波数を持つもう一つのアストラル体に出会って、強くなりた
　　　　い。自分たちをよく見てみなさい、俗物の極みの馬鹿どもめ。口だ
　　　　けで、品のない、野蛮人…。何もかも理由がある。それが因果応報。
　　　　だから、ブリックスが存在する。並行宇宙が存在する。だから、だ
　　　　れも、こんな店には来たくない。

　　　　（間）

インディゴ。わたしの血の色はインディゴ、青と紫の間の、インディゴ。

毛　　わたしの血は、ターコイズ。

夢　　わたしの血は、もみじ色。

狂　　俺の血は、トランス脂肪酸！

（瞬く間に、店員は帰ってきて、大きなソフトクリームを持っている）
（店員は狂の前に来る）

プレーン味！何十年も変わらない味、無脂肪乳、オーストラリア産の──

店員　　ニュージーランド。

狂　　ニュージーランド産！懐かしい…ミルクの味！

店員　　粉ミルクね。

狂　　粉ミルク味！

店員　　会員ですか？

狂　　期限切れた。

店員　　継続しますか？

狂　うっせえわあ！——プレーン味！ソフトクリーム！いつまでも！覚えてる！…昔な…お袋がファーストフード店に行ってソフトクリームを注文したら、おなかが痛くなって、店員がお産を手伝ってくれたんだ。それで、俺が生まれた。だから分かってるんだ、俺の最期は、ファーストフード店に——死す——

（狂は手を伸ばして、ソフトクリームを取ろうとした途端に倒れる。じっとも動かない）
（全員、目を凝らして見つめる）
（しばらくの間）

店員　（持ち上げて）ソフトクリーム！た——べ——る——ひ——と——？

（ライトチェンジ）
（音楽）

毛　…これはとんでもない仰天大陰謀だ…ナノマシンだわ！やつらは「ミルク」の中に潜伏している…無色無味、無影無踪、テロリストだよ！まずはわたしの山を制圧して、遊撃戦でわたしの森も奪おうとしている。次は、わたしの松果体を占拠するつもりね…その時は、憑依されたり、霊に取りつかれたりしたように…私の体を通って、千軍万馬が、最終的には、完全に私たちをコントロールして、私たちを「超硬合金ダメ人間」にするのよ。それに抵抗するためには、呼吸を拒否し、ミルクを拒否し、寝るときは「マグネット」を抱えて、地磁気につなぐしかない。磁場こそが我々を救ってくれる！——

（転換）

• •

夜
シェアハウスの共用スペース、オープンキッチン。
煙がもうもうとしている。大麻の匂い。

YouTuber、青年と少女はご飯が出来上がるのを待っている。
YouTuberの旦那はキッチンにいる。

ライブ生配信中。生活なのかパフォーマンスなのか曖昧である。

125

YouTuber	（視聴者に向けて）…料理を待ってるときって一番つらいよね。わたしたちね、今ストックホルムのとあるシェアハウスにいるの。中には色んな人が住んでるんだ。一般人、合成人間、半合成人間、宇宙人、西の人、北の人…全員の共通点はね、みんな貧乏人…外は今大吹雪だよ…。あ、思い出話でもしようかな。そうそう、前回の大恐慌は1929年にさかのぼる…「ガス会社の職員が、とある家を尋ねた。ガス代滞納してるから、ガスを止めにきたの。そして、お家の主婦が最後のおかずが出来上がるまで待ってってお願いした。職員がちらっと見たら、買い物かごの中に、犬の頭が入っていた…」
青年	へ──アメリカ人って、餓え死にしても犬は食わないと思ってたよ！
少女	実際そこまで追い込まれたら膝を折るさ。自分は我慢して食べなくてもいいけどさ、ちっちゃい子供は食べなくちゃね…
YouTuber	この「主婦」はスーパーヒーローなのよ！
少女	あたしは何があっても犬は食べないしー。

青年　　　　証拠動画見せてくれよ。それさ、ヤギかもしれないじゃん？職員が見間違えたんじゃない？

YouTuber　犬だよ。死んだ犬。飢えて死んだ犬。あの主婦はエコなことをしただけ、死んだ犬をリサイクルして食べただけよ。

青年　　　　（テンションが上がって、テーブルをたたく）ちぇっ！毎回猫だの犬だのって、飽きないのかよ？

YouTuber　みんなに元気をつけたいの…！

青年　　　　わたしたちずっと家賃払ってないよ。

少女　　　　知ってる…あなたたちのことが好き…お金が好き…お金はわたしが好き…お金はわたしのために尽くす…わたしたちは同じ信念を持っている、信念は真実を作り出す…まだ早すぎる…お金はもうすぐ集まる…もうすぐ…もうすぐ…みんな愛してるよ…お金は悪じゃない。お金は尽くしてくれるから…

青年　　　　フランスのブロン牡蠣が食べたくなったな～

少女　　　　時期尚早よ…

青年　　　　大家さんは私たちを殺すぞ。

少女　　　　…お金は現れ、わたしたちのために尽くしてくれる…

YouTuber　わたしたちは運命共同体、あなたの中に私がいる、私の中にあなたがいる──

（旦那が入り、一皿の卵蒸しを真ん中に置く）

あなた、やっと出来上がった？

旦那　　　イエス…古代料理、肉と卵のふわふわ蒸し。ネギがなかったか
　　　　　ら、「葉っぱ」（訳注：大麻）を入れてみた。あと海塩も。

YouTuber　わたし基本ビーガンなんだけど。

旦那　　　うっかり。

YouTuber　でも、あなたを応援したいから、肉でも食べるわ。

旦那　　　（YouTuberにキスして）大好き…俺はダメだ。肉食べないと、
　　　　　性欲がなくなっちゃう。立てなくなって、タマが縮んで、精子 ¹²⁷
　　　　　が減っちゃう──

YouTuber　ごめん…

旦那　　　俺は遺伝子組み換えの豚肉が好きだ。ああいう豚はケツの穴が
　　　　　ないから、うんこしない！入り口はあるけど出口はない。衛生
　　　　　だ。

青年　　　おい！家畜の話はよせって言ったはずなんだけど？豚の話はや
　　　　　めろよ！

YouTuber　オッケーオッケー…あ！そうだ、うちの旦那、ちゃんと紹介し
　　　　　なかったわね。MIT（マサチューセッツ工科大学）生物医学論
　　　　　理博士。今は就カツ中。YouTuberはあまりやりたくないけど、
　　　　　わたしのお勧めでこのチームに参加することになったの。

旦那　　　こんにちは…みな…さん。味見してください。

　　　　　（誰も動かない）

YouTuber　安心して…夫は医政局の健康証明書持ってるから。

旦那　　　食べてみてよ…。冷めちゃうと臭みが出るんだ。ラムでもビー
　　　　　フでもない…とにかく、あの臭みは、臭い。

青年　　　（笑）お前、ダサいって言われたことないか？

旦那　　　サンキュウ！

YouTuber　あなた！ねえ、私は100％あなたを応援してるから。

　　　　　（全員、YouTuber を見つめる。YouTuber は卵蒸しを飲み込む）

旦那　　　キミの中にボクがいて、ボクの中にキミがいる。愛してるわ。

少女　　　（食べてみる。カメラに）…わたしこんなの始めて…食感はま
　　　　　あまあいいかな…あなたたち…フォロワーのために、命懸けで
　　　　　食べてるんだよ──

青年　　　これ、どこの部位？

旦那　　　（笑う）当ててみ？

YouTuber　（噛みながら）ほんとのこと言っていい？みなさん、馬肉食べ
　　　　　たことあるかな？うん…食感は…馬肉に似てる。

旦那　　　あら…ショック…俺、午年じゃなくて、鼠年なんだよね。…当ててみて…どこの部位でしょう？…実はね……。なぞなぞにかけて：日に当たらないところです…

青年　　　「切断」のプロセスこそ、この儀式のエキスなんだよ。動画撮った？

旦那　　　プライベート動画なんだ。

青年　　　バーベーキューにしたほうが食べやすいよね。

旦那　　　JJおじさんの料理本見た？（塩を振る仕草）塩を振る仕草がさ…冥銭をばらまいてるみたい！

YouTuber　うけるー！冥銭！かっちょうい！

青年　　　ははは、ダサっ！

旦那　　　（青年に）お前、食べてないじゃん？「シェア」しなくちゃ！みんないつもちゃんとしたものを食べてないのを知ってるからさ…たまごいれたんだ、シェアシェア、オーガニックのたまごだよ…（笑う）さーてクイズです！胃袋は食べ物を消化できるのに、どうして胃袋自体は消化されないんだい？ははは！

　　　　　（みんな、反応が薄い）

　　　　　うん…そうね…人類は古くから人肉を食べる記録があるんだ。自分を食べる人もいたくらいよ。

YouTuber　刺身～

少女　　　　（ゲロを吐くさま）ひぃ…はぁ…ひぃ…はぁ…わたし、豊胸手
　　　　　　術してＥカップになりたいんだけど…どう思う？…お金はない
　　　　　　けど…「クラファン」とかでいけるかな？

YouTuber　　ぺったんこがいいよ、フラットこそ正義だよ、世界もフラット
　　　　　　化してる、ぺったこは世界の新しいルールになる。

青年　　　　ねえ、家賃代わりにさ、大家さんとヤれば？

YouTuber　　確かに、一発くらいなら。幽霊に犯されたと思えば。

少女　　　　え——あの大家「人間」なの？？

旦那　　　　それより…お前が10歳の時にレイプされたことを話した
　　　　　　ら——

YouTuber　　もう何十回も話したじゃん。

旦那　　　　「親父」にヤられたエピソード、聞くたびに泣きたくなるんだ
　　　　　　よね。

YouTuber　　もう父ちゃんのことを許したよ。

少女　　　　わたしも…お父さんに…（泣き顔）はあ…病院に通ってるんだ
　　　　　　けど…先生がね…わたしは「セックス依存症」だって…あぁ…
　　　　　　わたし、また発作が…

青年　　　　カモン！

YouTuber　　やめてよ、見たい人いないって。（突如、カメラ目線で）早く

脱出しないと、ストックホルム（症候群）になってしまう！

少女 　　ひらめいた！わたしがテーブルで、3つのスチールに集団レイ
　　　　プされるのはどうかな？ IKEA がスポンサーしてくれるかも！

青年 　　そのネタ「日活」が 30 年前に使ってたよ！古い！今はね、ネッ
　　　　トフリックスとアマゾンとの共同製作で、（スローモーショ
　　　　ン）「宇宙セックスプロメテウス」、インタラクティブ！

旦那 　　（突如として）──弱肉強食、強者はさらに強くなる。典型的な
　　　　「新経済」ではよくある独占状態ですね。龍の頭、トップ、ナ
　　　　ンバーワンの一、なんでも「一」、「七」じゃなくて、「一」！

青年 　　あほったれ！

旦那 　　お前、まだ食べてないだろ？食べてくれないの？（怒って）シ
　　　　ェアよ！

青年 　　お前の遺伝子が入ってるタンパク質の塊、しかも毛付き、食え
　　　　るもんか。

旦那 　　…ひどい……俺…君たちのために…自分のチベット高原、アト
　　　　ランティス、シャングリラの奥深くまで探ったんだぞ…痛かっ
　　　　たんだぞ…

YouTuber 　あなた…ポジティブになって…あなたを応援するわ…あなたは
　　　　マサチューセッツ工科大学の生物医学論理博士だもの！

旦那 　　…神々しい！神聖たるもの、それは「毛」よ！

青年　　　　（嘲笑う）──マジキモ！見た目まずそうだし、色も香りも味も全部アウト！ネギでもショウガでも入れてみろよ！お前本当に脳味噌が足りないじゃない？その肉さ、「霜降り」した？やめろよ！料理できないくせに偉そうにするなよ。何が神聖だっつうの？今、ここで、生でちょん切って、血を見せないと、いいねもらえないっしょ？バカチンが！

YouTuber　　──シャングリラ、桃源郷、サマーディ、クンダリニー！

旦那　　　　（泣きそうで）…ノルウェーの北極海で、人類はブラックホールを見つけた。30 カ国から集まった 1000 人の科学者は、そこで祝った！確かに、俺が悪かった。その肉、湯引きしなかった…でも、毛は抜いたんだよ！！

　　　　　　（間）

少女　　　　ねえねえ、どこを切ったの？見せてよ──

　　　　　　（青年と少女は興奮状態になって、一緒に旦那を弄ぶ）

旦那　　　　もう…もう卵蒸し作らない…この悪魔たちめ…（大泣きして、退場）

　　　　　　（全員、我を忘れたように狂い始める）

YouTuber　　夫は科学精神を持ってる人。情熱があって、社会にも関心があって、世界終末についても考えてる…彼は高貴な魂の持ち主だわ！ネット民は彼を愛してる、わたしも彼を愛してる、わたしはわたしのネット民を愛してる！（卵蒸しを爆食する）

（静寂。気まずい雰囲気）

（食べ終わって、口を拭く）わたしは夫を愛してる。彼のしり
ぬぐいをするのが大好き！彼はわたしのアイドル、IQ 200 の
生物医学論理博士！！…心の静まり、癒し、覚醒…（震える）
みんなに元気をつけたいの…。大恐慌、ともに乗り越えましょ
う…（真剣になって）そうそう、論ー理ーを語りましょう。今
日、人類は重大な時を迎えます。大粛清、大きな震動、脳波を
変えて、意識を向上する、体の機能を改めて評価し開発する。
第一段階は、「口腔機能」の修復プロジェクト、只今進行中…
――早く脱出しないと、ストックホルム（症候群）になってし
まう！

少女　　　「特典」あるからいらっしゃい、美乳も美尻も手に入れるよ！

青年　　　あの時、分かっていればなあ！

（旦那は戻ってくる。大皿の「肉ペースト」を持っている）

旦那　　　大家さんです！

（みんなはフリーズになって、肉ペーストをみつめる）

大家さん…今朝来たんだ。「外で寝ろ」って…怒鳴ってた。「こ
の虫けらどもめ、さっさと家賃払え！シェアは共産じゃない！
お前らと共倒れしたくねえよ馬鹿野郎！」って怒鳴ってた。

「仕事を探せ！
仕事を探せ！
クソ仕事を探せ！」

大恐慌だってばって言い返したら──また罵倒された：（手振り）フェラチオでもしろ！って

（間）

（手振り）フェラ…チオ…

（全員、拍手）

YouTuber　あなた。愛してるわ。（旦那にキスして）

みんなに元気をつけたいの…

（旦那は大皿の肉を持って、みんなとシェアする）

旦那　　…大家さん…

青年　　地主さん…

少女　　大富豪さん…

YouTuber　うん…シェア…大好き…マジ卍大好き…

（ライトチェンジ）

旦那　　…これはスーパーフード！オメガ３、４、５が入ってるんだ！一日一食分を食べれば、カロリー吸収は５割減、寿命は５割増。スーパーフードは悪魔を退治できる！スーパーフードは、神経を再生できる！さあ、撲滅する前に、偉大なる大家さんを送別して、彼が大自然の食物連鎖に戻れることを祝いましょ

う。みんな、感謝を込めて食べるんだよ。信念は真実を作り、歴史を変える。私たちの腸は、やっと覚醒する…

（全員、奪い合って肉を食べる）全部食べろ！消化して、一滴のDNAも残さないで。永遠に、生き返れないようにね。

（ライトチェンジ）
（音楽）

青年　　（取りつかれたように）…視聴者のみなさん、わたしは火星から来ました。私は生まれて7日で、寝返りすることができた。そして、3か月でスラングを操り、2歳でダークマターを理解し、5歳でNASAの科学者たちと会議をしていた。80万年前、パンツ型のUFOに乗って、地球に旅行に来たときは、巨人がいっぱいいた。巨人は身長4メートルあって、長さ0.5メートルのアレをぶら下げていた。すっごい印象に残ったわ──

少女　　（トランス状態になって）「1111（いちいちいちいち）」（訳注：エンジェルナンバーの1111）を見た。霊界とつながった。二元性の終わりだ。目を大きく開けて、しっかり見なさい…昔はね、数人集まって、スウェーデンの「臭い缶詰」を開けて、くさいくさい死んだ鼠みたいにくさい！って言ったら10万いいねもらえたんだ！レベルが低いわ。あれもそう。浣腸をする動画、コーヒー浣腸、尿意を我慢して膀胱破裂、バーン！もう体を傷つけないで、膀胱にやさしくして…1111、二元性の終わり。

青年　　──ご注意ください、大恐慌はまだ前菜だ。2050年には巨大津波が来る、みんな準備しといてね。その時は、山に登っても無駄！ワームホールだ！ワームホールを探せ！忘れないで！

少女　　　　──10歳の女の子、第三世界、歯を磨いて足の爪を切ってストレッチしただけで、何百万ものの「いいね」がもらえる！なんで？目を大きく開けて、ちゃんと見て…その女の子の目玉は、黒だ！トカゲ人だ、爬虫類、1111、覚えといて──

（転換）

第7場　ファーストフード店

・・・・・・・・・・・・・・・・・・・・・・・・

酷暑。シニアたちは汗だらだら。狂は床に横になって死んでいる。
店員は狂の体を踏み、手にはソフトクリームを持っている。

店員　（ソフトを高く挙げて）ソーフート！食べる人——？

　　　（静かな間）

　　　うちの会社で一番有名な、一番伝統の、歴史あるソーフート！中に
　　　は「南極ペンギン皮下脂肪エキス」が入ってるから、口では溶ける
　　　けど手では溶けないんだ！「ボケ」防止にもなるよ！

　　　（間）

　　　タダだよ！

　　　（夢と靛は手を挙げ、店員は躊躇する）

靛　　（優しく）…パイロットさん…あのね、「ボケ」じゃなくて、アルツ
　　　ハイマー病、それか、認知症って言ってください。お間違いないよ
　　　うに。

店員　パイロットはもういない。俺はこの会社で唯一の人間店員——。

毛　　何の会社？

店員　うちは前途有望な会社なんだ。弊社は必ず万難を排して、最終的に
　　　は、凄まじいプラットフォームになる。そのプラットフォームで
　　　は、あるべきものは存在しない、あるべきでないものは存在する！
　　　将来は、誰もがソフトクリームを食べることができる！無料で提供

する！俺が保証するから！

靛　（優しく）…パイロットさん……あなたは昔、制服姿で、飛行機の一番前に座ってた。すごくカッコよくて、イケてて、CAたちにモテモテだった。パリとかイスタンブールとかに停まるときは、必ずCAとデートして、ファンタジーな夜を過ごしてた。…まさか、航空業界史上最大のリストラに遭うとはね…

店員　（無線機の通信音を真似て）…グッドナイト、パリ　ゼロ　ゼロ　ゼロ…グッドナイト、シャンハイ　シックス　シックス　シックス…グッドナイト、ホンコン　ワン　シックス　ナイン…

靛　…パイロットさん…人はみんな；漂ってるアストラル体。宇宙の、ブラックホールの片隅で、同じ周波数を持つもう一つのアストラル体に出会いたいと思ってるの。

夢　…パイロットさん…暑い…口が乾いた…低血糖だ…パイロットさん…わたしも昔CAだったのよ…

靛　「星五つ」をあげるわ。

店員　あなたの血は青色だって聞いた。

靛　インディゴ色よ。青と紫の間。波長は420から430。

店員　アマゾンで買えるの？

靛　（笑う）ははは！おもろいね！ははは！──

　　（店員は最終的にソフトクリームを靛に渡す。靛はそれを受け取る。

全員が靛をじっと見つめる）

…行動は下品でもいいけど、目的は上品であるべき…。たとえ、結局、図らずも。無明、無知。何もできなくなった今、あなたは徹底的に破産している。しかし、あなたは相変わらず、依然と、黙然と、その高貴さを保っている。淑やかで、焦らない様。われ、「本来無一物」、泰山は崩れかけている。あなたは執着がある。目的がある。愛する自由、憎む自由、死ぬ自由、おしゃれする自由がある。あなたは今もなお堅持している。自分を綺麗にしている。ピカピカな革靴を履いて、TPOに合わせた服を着る。せめて死ぬときは人間らしく、と。もし選べる権利があるのなら、わたしはわたしのまま、優雅に、横になりたい。私のアストラル体よ、もしできるなら、私の頭蓋骨から離れて頂戴、他の出口からじゃ許さない。でないと、わたしは低俗になって、汚れてしまう…その時が来たら、見送りに来る皆さん、ま、来る人がいたらだけど、泣かないでね、「梨花一枝、春、雨を帯ぶ」…卑しめるわよ！

（ソフトを高く挙げて）…願おう！ブリックスが成功するように、女性が頭を上げる日が来るように！

（靛、乱暴にソフトクリームを飲み込む。途端に倒れる）
（静かな間）

毛　　これは怪談話だね。

夢　　エロ話だよ。

毛　　人いっぱい死んでるのに──

夢　　──お前の番はいつだ？

毛　　（笑う）陰謀だ。

夢　　安楽死したい。

毛　　そう簡単じゃない。

夢　　（店員に）ソフトクリームください。プレーン味。

毛　　わたしも、ミルク抜きで！──

店員　──売り切れ！全種類売り切れだ！「寄生虫、ゾンビ、生ける屍、社会の重荷、使い終わったコンドームどもめ！『顔認証システム』はもう全面的にてめえらを監視している。これからは我々の世界中にあるチェーンレストラン、ホテルのどの店舗にも出入り禁止！てめえらが墓場に行くまでな、ビックリマーク！」──と、会社がそう言えって！俺はただ読みあげただけ。

　　　　（サッカー試合の音）

毛　　試合終了したら出るね。

夢　　この試合待ってたのよ。

毛　　わたしも。

夢　　「ポップコーン」ある？

毛　　さとうきび噛め。

夢　　イカの炭火焼き。

毛　　　もう過去のものよ。

店員　　出て行けよ…

　　　　（サッカーファンの歓声）

夢　　　大きな芝生で、大勢の人が、一つのボールを奪い合って、必死に走って、汗と涙を流す──

毛　　　2019 年、奇跡の日──

夢　　　りバプールが 4 対 0 でバルセロナを破った──

毛　　　チャンピオンズリーグ奇跡のファイナル進出──

夢　　　厳かな儀式だわ！

毛　　　もう過去のことよ。

夢　　　ナイスシュート！

毛　　　蹴っ飛ばせ！馬鹿野郎！

夢　　　オーバーヘッド・キック！

毛　　　キック！

夢　　　情の深い！真の漢（おとこ）！

全員　　いいぞいいぞ！

店員　　（早口で）無人運転の747骨董品はもうすぐ到着、カタツムリを轢
　　　　きつぶしちゃう──

　　　　（サッカーファンの歓声は万雷のよう）

夢　　　漏らしちゃった。

毛　　　わたしも！

夢　　　おむつある？

毛　　　一緒に漏らそう…ともに乗り越えよう！

夢　　　ナイスシュート！

毛　　　豚でも飼ってみたら？

夢　　　動きたくない。

毛　　　それまで待てる？

夢　　　頑張ってそれまで生きるよ。

毛　　　ナイスシュート！

夢　　　毎晩8時、「人工流星群」があるよ。

毛　　　願い事？ばっかじゃね？

夢　　　（笑）陰謀だ、これは陰謀だ。

全員　ナイスシュート！──

店員　出て行けよ──

（サッカーファンの歓声）

（氷人が入る）
（彼はすぐ、古い「竹の筒」を取り出して、演奏する）

（氷は雨のように振り落ちる）
（ライトチェンジ）

（狂と靛は立ち上がる。全員氷を囲んで、それを触って涼しむ）
（店員は床にある動かなくなった掃除機ロボットを見つめる）
（やがて、それを抱き上げる）

（思いを込めて）…こいつは俺が一番愛しているソウルメイト、友達、親友、相棒、オナ道具、兄弟、ネッ友、同僚、セフレ、アイドル、ファン…こいつはいままでずっと黙々と職務を果たした。地元の住人を見たら目をそらし、外人を見たらホイホイ寄っていく。…こいつに同情するよ。気持ちわかるよ。大恐慌だから、共に乗り越えましょう。

（氷人に）…いらっしゃいませ…お好きな席へどうぞ…

俺は昔、パイロットだった。（無線機の通信音を真似て）グッドナイト、パリ。シックス　シックス　シックス…メーデー　メーデー　メーデー…覚えとけ、遭難信号は、必ず３回連続言わなきゃいけないんだぞ…メーデー　メーデーメーデー…最後のフライトが好きだった。ベトナムからストックホルムまで…地中海を渡

って、大西洋、モロッコ。飛び降りたかった。俺モロッコ大好き
だから。でも、できなかった。機内には 234 名の乗客とクルーもい
るから。飛び降りられなかったなぁ。

（シニアたちはいきなり態度を変える）

靛　　早くここから脱出しないと、ストックホルムになってしまう！

狂　　俺のソフトクリームは？

靛　　みんなに元気をつけたいの。

狂　　俺のソフトクリームは？

夢　　病気じゃない？

毛　　ブラックスワン！グレーリノ！

靛　　行動は下品でいいけど、目的は高貴であるべき！

狂　　俺のソフトクリームは？

夢　　他に言うことないの？

毛　　動物大移動。

靛　　氷河時代。

（間）

毛　　モロッコはもう存在しない。

靛　　仕事を探せ。

夢　　大西洋はもう存在しない。

靛　　仕事を探せ。

毛　　地中海は存在しない。

靛　　くそ仕事を探せ。

夢　　中国は存在しない。

靛　　フェラチオでもやれ。

毛　　アメリカは存在しない。

靛　　肉体の真実は、存在した証、鮮やかな一コマ。永久不変ではない。

　　　（間）

狂　　「神の粒子」が見えた。

夢　　これはパンデミックだ。

毛　　ライブなの？

靛　　我を忘れないで。

145

狂　　神の粒子。

夢　　自力で食べよう。

毛　　解像度は？

靛　　我を忘れないで。

毛　　撮ってんの？

狂　　神の粒子。

夢　　自力で食べよう。

146　毛　　4万億。

靛　　我を忘れないで。

狂　　ソフトクリーム食べたい。

夢　　ソフトクリーム食べたい。

毛　　ソフトクリーム食べたい。

靛　　ハッピーエンド…ほしい？

店員　メーデー　メーデー　メーデー…メーデー　メーデー　メーデー…（繰り返す）

狂　　お前、人間かよ——

夢　　お前、人間かよ──

毛　　お前、人間かよ──

靛　　お前、人間かよ──

店員　お前ら、人間かよ──

（静かな間）
（シニアたちはゆっくりと観客に背を向け、のろのろと腰を曲げて、
ズボンを脱いで、お尻を出す）

引き潮になった時初めて、誰がハダカで泳いでいたか分かるもの
さ。

（店員もズボンを脱いで、お尻を出す）
（ライトチェンジ）

（VO）…ノルウェーの北極海で、人類はブラックホールを見つけた。
30カ国から集まった1000人の科学者は、そこで祝った！彼らは、
いつの日か、13億4384万年、遅かれ早かれ、終点はみな同じ。
ブラックホールから始まり、ブラックホールで終わる…

（幕が下がる）

幕

翻訳：インディー（陳韻怡）

香港生まれ香港育ち。香港大学文学院卒業。言語学とドイツ語専門。学生時代はフリーランス声優として活動。大学の演劇コンテストで役者、作、演出などで舞台を製作。小さい頃から日本が好きで、卒業後演技を学ぶために来日し、ご縁があって劇団文学座に入団。夢は、命で命を変えること。

日本語通訳顧問：緒方桃子／劇作家

北京・香港・ニューヨーク・東京で働きながら書く生活を続け、現在は香港在住。最近の作品：舞台「音楽劇・香港スケッチ」（東京）、「彼女が戦争に行く理由」（東京）、「70 Years」（短編、ニューヨーク）。日本劇作家協会会員。

翻譯：陳韻怡（Indi Rose）

土生土長香港人。香港大學文學院畢業。學生時代曾兼職自由身配音員。港大舍堂比賽中曾以演員、編劇、導演等不同身份參與製作舞台劇。 從小熱愛日本，畢業後前往東京深造演技，機緣巧合下加入劇團文學座。夢想能夠以生命改變生命。

日文顧問：緒方桃子

曾穿梭北京、香港、紐約遊牧生活十年，現居香港編劇及作曲，日本劇作家協會會員。近作包括音樂劇《香港速寫》（東京）、《Why She Ended up in a War》（東京）及《70 Years》（短篇，紐約）。

翻訳者感想

インディー

マンさんの台本を翻訳したのは、これで二回目。流石、また一つ奥深い作品でした。

広東語という私の母国語で書かれているはずなのに、自分の知っている言葉じゃない気分でした。懐かしくもあり、見知らぬもののような。自分の中国語能力がまた下手になったのかと自分を疑いました。（笑）

マンさんの文字は生活感が溢れるリズムがあって、同時に詩的な部分もある。一回読んだだけでは、言葉の裏に含まれた意味や隠喩をなかなかつかめないものです。

翻訳しながら、経済用語、格言など、様々な資料を探して読んでいましたが、それでもやはり、解読できないフレーズが沢山あって、結局マンさんに電話して確認することになりました。原文にあった「４つの１」とか、「血液検査」とか、場所の設定の意味など、何もかも聞き出しました。

そして、一つ一つの台詞の「背景」が分かったら、いざ翻訳する前に、直訳か意訳かという難題があります。どのように書いたら、日本の読者／観客に一番感じてもらえるか。

劇中に、語呂合わせや、詩のような言葉遊びが沢山ありました。例えば、「牡丹停經夢。菊花杞子茶。」という対聯のような言葉がありました。原文の意味を全部説明しようとすると、とても長い文章になる。最終的に、この場面の雰囲気を考えて、日本の俳句を真似して書いてみました。同じようなフレーズで「契弟走得摩，斯德哥爾摩」という言葉にもとても悩まされましたが、最後は「脱出」と「ストックホルム症候群」のイメージを保留したく、意訳

で処理しました。

ラッキーなことに、日本語の漢字と広東語の漢字の発音がたまに似ている部分もあります。例えば、「陰謀」と「陰毛」は、日本語の漢字に直接に変えても、同じ言葉遊びができていました。

翻訳時に最大の困難は、やはり広東語の下品なことば——粗口でした。

英語／広東語では、人を罵ったり、語気を強くしたりする時にはよくセクシャルの隠語を使います。しかし、日本語では、日常ではあまり下品な言葉を使っていなくて、せいぜい「バカ野郎」だけで、針が皮膚の上をかすった程度の痛みのような気がします。

どう訳せば、広東語の下品な言葉の耳障り感が出るのか。そこで、日本の極道映画や不良映画などを観てアイデアを絞り出しました。

香港を離れてから、ますます「粗口」がもたらす民族性を感じます。あの無造作な感じ、下品でありながらの高貴さ（靛の台詞のように）。台詞を読むだけで香港の茶餐廳（香港スタイルのカフェ）にいるような気分でした。そのため、翻訳する時に、その雰囲気を作ることに心掛けていました。

日本の読者たちがこれを読んだ後、香港の作品にもっと興味が湧いて、日本と香港の演劇交流が深まることを祈っています。

《大夜蕭條》翻譯後感

陳韻怡

第二次幫 Mann 翻譯劇本，果然又是一個高深莫測的作品。

明明是用廣東話寫成的，但好像不是自己的母語一般，感覺熟悉又陌生。心想，難道我的中文又退步了？（笑）

Mann 的文字節奏很有生活感，同時亦好有詩意。只讀一次真的很難捉到字中的含意、背後的隱喻。一邊翻譯一邊查了很多資料、財經用語、種種格言名言。但查來查去，想來想去都不明白的句子仍然困擾住我。於是我決定……打電話給阿 Mann 問個清楚。「4 條 1」，「驗血」，地方設定嘅含意等等……問個一清二楚。

而在知道每句對白的「背景」後，翻譯前就要想，要直譯還是意譯，才能令日本的讀者／觀眾閱讀時會有最大感受。劇中時時有這種玩弄詞語的詩句。「牡丹停經夢，菊花杞子茶。」要怎樣翻譯這個類似對聯的句子呢？但如要把原文意思全部用文字來解釋，必定要花很長篇幅。最後，我用了日本古代的俳句來寫了一首詩。「契弟走得摩，斯德哥爾摩」也令我苦思很久。但最後決定要保留想「走」和「斯德哥爾摩症候群」的印象，所以這段我決定意譯。

翻譯中，很有趣又很幸運的一個地方是，日文漢字的念法和廣東話偶有相似的地方。就似「陰謀」和「陰毛」，很神奇地，直接轉成日文來念都會有諧音的效果。

而整個翻譯過程中最難的地方，果然還是廣東話的粗口俗語。（笑）

英文／廣東話的粗口是會用很多性器官來罵別人，或有時甚至只是一個語氣助詞。但日文最粗的粗口「馬鹿野郎」，都只是罵人「混蛋」，感覺針只是輕輕碰到皮膚的程度。

要怎樣翻譯，才能帶出那種聽到廣東話粗口時的「UN 耳」感覺呢？於是我不斷看一些日本黑社會的電影來取得靈感。

離開香港後，才更加感受到「粗口」帶來的「民族性」。那種隨性，粗俗但同時可以高貴的感覺（就似靚的台詞般）。閱讀 Mann 的劇本令人體驗更深。看著對白就似置身於香港茶餐廳，所以翻譯時我也私心想營造出這種氣氛。

希望日本讀者讀完後會對香港的作品更有興趣，令日本和香港的戲劇界之間有更多的交流！

遮打道上
神功戲

故事

三十年後，遮打道改建，沒車沒路，變成一個「人民廣場」。時近孟蘭勝會，仍有「神功戲」上演，高科技，戲棚可一天建成，假竹結構，醜陋不堪。

那時，說廣東話的人屬非常少數。

神功戲已沒了粵劇，只有潮劇。傳來歌曲、潮語咿咿吔吔，像呻吟，像超度中的法會。台上演員，都是 AI、或早已仙遊大老倌的 hologram，像真度高，唱唸做打，無一不能，幾可亂真。

潮劇《十仙賀壽》鑼鼓聲響起。年青女鬼，早就來到席間，等待「放餞口」派米。大概再坐一會，那部 AI 派米機，就會撒出基因米，以作功德，任由遊魂野鬼享用。

過去幾十年，女鬼都在附近流連、戀世、見盡世事變遷。因執念太深，沒法輪迴。人變鬼後，據說有神通，能理解所有語言，但她土生土長，聽慣粵劇，死後，潮劇總聽不入耳半句，只靠意會，坐著悶得發呆。

本來，這一夜，她希望撞上幾個朋友，可惜，人沒半個，鬼神沒半隻。只有一班似人非人的「演員」，在台上咿咿吔吔……場面凋零，風不動，月不見。

女鬼待著，旁邊來了一個「鳥人」，非人非鳥，呈啞金色，坐在她身邊。

鳥人沉默，與女鬼心通，自稱是這城市的「守護神」，曾經。

角色

女子　20-30歲
鳥人

深夜

三十年後，遮打道面目全非，已變成一個「人民廣場」

時近孟蘭勝會，神功戲正上演：潮劇《十仙賀壽》，粵劇早已絕跡

觀眾席冷清，沒人。只有女子坐在觀眾席第一行。隔不遠，坐著「鳥人」。地上有些雜物、竹枝

（良久）

（女子望一望鳥人，臉有疑色）

你唔係吓嘛？

（頓）

我嚟等「派米」。

（女子模仿派米動作）

（笑）我以為，你嚟等派米。

（頓）

舊時、「胭脂米」、食過未？啲米粒好長身，胭脂紅色，諗起都流口水呀……家陣啲米冇得比！把鬼！

（頓）

你食咗飯未？

（頓）

唔通睇戲咩？把鬼！

（望戲台、笑）哈哈⋯⋯「王母娘娘」皮光肉滑，16歲卜卜脆都冇咁滑⋯⋯櫻桃小嘴，有啲甩色、眼水汪汪、兩條眉又闊，好「姣」。

（頓）

機械人。

（頓）

啲人去晒邊呢。

（傳來大老倌唱腔）咿咿哋哋⋯⋯唔知唱乜，（笑）叫春定叫救命呀？（手指指）嗰個，係粵劇大老倌，明明「瓜」咗五十幾年。唔知佢哋點搞，搞到佢「翻生」，迫佢唱潮劇，該煨！

（望著CCTV）你老祖！黐筋嘅！

（頓）

⋯⋯我投訴咗好多次。關帝、山神、龍王、天后、城隍、觀音⋯⋯石沉大海，音訊全無。

你同佢哋有冇瓜葛？幫吓口啦。

（靜）

遮打道上神功戲

食咗飯未？

（頓）

咩風吹你嚟……

（頓）

好耐喇……天荒地老。舊時，出面係大馬路，車水馬龍，好墟冚，人多鬼又多。

（頓）

舊時，有米就有人，有人就有路。

（靜）

無厘頭，廿幾年前，佢哋禁咗《六國大封相》……

（女子隨手在地撿起兩竹枝，示範推車做手、身段）
（一會）

……我學過「推車」㗎……推住「公孫衍」……講你都唔識，你都冇文化嘅……

（示範「撞石動作」）

呢下叫「撞石」呀！真係好爆燈！……個個花旦都好有功架，好盞鬼㗎……

佢老祖。

（靜）

好肚餓。

（頓）

話時話，你咁高級，食咩嘅呢？

（頓）

（笑）……秋風起，三蛇肥！……邊度有蛇呀？……真係蛇都死呀……有冇見過大蛇屙尿呀……唔好意思……我諗起你食蛇個樣……就忍唔住……該煨……

（頓）

呢度邊有蛇？

草都冇條。

四腳蛇都冇。

蛇都死呀。

（頓）

舊時，上環有蛇食。

（頓）

大嶼山嗰便可能有。

（頓）

有次，我好辛苦先上咗部飛天車，去大嶼山，去威呀！

（頓）

嗰便有戲睇，《六國大封相》，喺水上面，好鬼誇張，五十個機械人花旦，推車飛天、潛水，公孫衍連打一百個筋斗，拗腰、拱橋、一字馬，啲鬚鬏自動飛起、發光，真係好盞鬼……不過，冇咩人睇，啲人去晒邊呢？

（頓）

一次咁多。我唔係你，我好艱難先出倒去威。

（頓）

好肚餓。

（頓）

你咁高級……

（頓）

可唔可以……

（頓）

土地公公？「和平紀念碑」側邊有兩個。你入錢，佢同你握手，講國語，唸地藏經。

（頓）

畀多兩蚊，佢仲識得唱《錦繡河山》。（笑）土地公公；三十年前已經移咗民。

（頓）

芬蘭。
我有佢 WhatsApp。
你有冇？

（頓）

你哋邊個高級啲？係咪同一個部門？老細係邊個？

（頓）

（笑）哈哈……你咪撚化我啦……

（靜）

和平紀念碑，有陣尿味。日曬雨淋，有陣尿味，永恆不變。

（頓）

我好肚餓。

（頓）

食蛇，真係可以轉運？三十年喇。你食夠未？你使唔使 OT？

（頓）

（笑）你見過大蛇屙尿未？

（頓）

遮打道。舊時，車水馬龍，好鬼墟冚。

（長靜）

（望遠）……文華、皇后像廣場、會所大廈、友邦、立法局、係一條「結界」。入咗嚟就出唔返去。和平紀念碑，有屎味。夜晚，除咗激光，乜都冇。

（鑼鼓聲，《十仙賀壽》接近完場）

神功戲，做功德。搵笨。

（頓）

你咁高級……幫吓我啦……

（頓）

（指戲台）聽講，王母娘娘5999歲，你有冇見過佢？佢係咪你老細？

（頓）

……其實，我可以移民去澳洲、亞馬遜森林……做棵樹。或者去印度、斯里蘭卡、聖馬利諾……做隻貓。我行去，我係死牛一便頸，我黐孖筋囉，賴死唔走，諗住天荒地老。

（頓）

家陣我頂唔住，真係好悶⋯⋯

（長靜）
（撒米聲，旁邊撒出遍地米粒）
（女子上前）

（撿起、試味）膠粒！冚家富貴！

（頓）

（見鳥人在震動）好好笑咩？⋯⋯

（頓）

呢度有33部CCTV，睺實你，起緊你底，佢哋好快就蒲頭，捉你返去，切開你九磔，當你係野味，（笑）加好多花椒八角，炆你十個鐘，驚你唔死。

（頓）

野味，哈哈哈！諗起都流口水。

（頓）

冇鬼用㗎你。（張口）Wow⋯⋯點解你唔噴火？

（頓）

你咪撚化我啦。

（頓）

冇鬼用㗎你，整乜鬼咁兜踎？有冇五十年？六十年？七十年？舊時，你好巴閉，該煨。舊時，個個都好「老定」，闊佬懶理，諗住有你「照住」，就千秋萬世。點知你咁高級，都會瀨嘢！咩解究呢？真係耐人尋味呀，該煨。

你咪撚化我啦。你鋪話法，水洗唔清呀你！

（頓）

（行近鳥人）傳說話你有九個頭……仲有八個頭，收埋喺邊？你係咪「流」㗎？

（靜）

164

（鳥人緩緩地來到兩枝竹前面、再望望女子）

（女子意會，過去，拾起竹枝）

吊家富貴。

（女子開始在「推車」）

講句嘢啦？

（頓）

啞嘅咩你？

（頓）

講句嘢。一句得唔得？

（頓）

人話。我好耐冇聽過。

（靜）

廣東話……

（散落的紅色激光線，慢慢射向鳥人）
（鳥人若無其事，靜靜看著女子）
（女子自得其樂地 —— 推車）

《遮打道上神功戲》

《遮打道上神功戲》為《捌次二〇四七》其中一個短劇。因疫症關係，場地未能開放予觀眾欣賞演出。故此主辦單位將有關演出拍攝後再作網上播放。

演出播放日期：2020 年 7 月 26 日至 8 月 9 日
主辦：一條褲製作

藝術總監及導演：胡海輝
編劇：陳志樺

演員：
譚安婷　　飾　　女子
陳熙鏽　　飾　　鳥人

編劇的話 （原載於演出場刊）

陳志樺

未來的神功戲，究竟酬神還是祭鬼，乏人問津，但氣數未盡，應會倖存。

竹搭戲棚如何複雜天工，高科技加持，只消半天就豎起，天涯海角忽然屹立，像個移動祭壇。未來，大國城市，總需要一點法事、儀式、或文化遺產活動，來裝模作樣、沖喜、吊命。

未來，有很多事，沒真人參與，卻會存在、或得永續。像神功戲。

好不好看、藝不藝術、應不應該，沒關係。神功蓋世，瘟疫期間，馬仍照跑，但馬場禁入，人在網上看、鬼在現場看，閉門作賽（開賭），那叫「神功馬」，每星期兩輪祭祀，慰藉萬千港叔心靈，總之，爛賭比抗爭好。前人留下的遊戲，功力深不可測，也功德無量。

神功戲的未來：就是去神、去人、去記憶、去文化、去根、去勢。最終，豎起了的祭壇，只有鬼來看，就天下太平，千秋萬世。

失物待領

角色

失物待領處的年輕職員
冇牙老人
推銷員
少女
影子
淑女
運動員
肢體（頭、身、手、腳）
老婦人
現代人（大叔、青年、學生妹、女子、遊客）

分場

失物一

有舌頭說不清
有嘴巴講不明
無間樂聲
影子幢幢
抵死的玩具
騷動的身體
才是主角中的主角

七十年代
某大城市火車站
失物待領處

失物待領

火車站

地上，一條女性義肢
義肢穿著絲襪和高跟鞋，神秘性感

失物待領處的職員出現
當眾換上工作制服
職員年輕精壯、笑臉如面譜

（剪影）城市、火車站輪廓
（聲音）扭曲火車聲、環境聲

職員發現義肢，當作失物
漸漸當成一種玩具
由好奇變得沉溺……

（聲音）女性尖叫聲間歇出現
（剪影）人腳雜沓、光怪陸離

舞 I：誰遺失了義肢？

如夢如幻，職員抱著義肢，試圖尋找義肢的物主，隱入光影
義肢混進幢幢腳影人影，相交相惡，纏鬥之間，最後合成一頭巨大怪獸

王榮祿

剪影幻像化成咧嘴大口吃下同伴的怪獸，轉瞬間變成城中洶湧人群……讓光在身體的間距中以黑影幻象投向布幕；用身體造型在光的空間中移動營造。

陳志樺　備考

物主遺失義肢，有心無意，都引人遐想。把玩義肢，延伸往後的種種「玩具」（失物），《失》栽種風景之一，是暗黑的童趣，偶爾偷偷摸摸地邪惡。剪影這原始把戲，也可作如是觀，有想像，才殘酷。真實世界，都在影子裡。

舞 II：騷動

冇牙老人、少女、運動員、推銷員登場。在大城市生活，他們都若有所失、恍恍惚惚，穿梭火車站，相遇不相識，永無休止的驛動、震動、騷動……

（聲音）火車聲。低音頻

王榮祿

低頭、抬頭、遙望、焦躁、失魂、揮別、攔截等等的生活動作以重複／回帶／急進／放慢／誇張／定格等，在震動的地表上不由自主掙扎上演，共振時形成不同頻率的軌跡，令陌路人狹路相逢，但也有努力經營仍然撲空的。

陳志樺　備考

人心幽微，不過是震動。城市人，只是不同頻率的過路人，死人，才完全靜謐。震動可以很科學，創作過程，我們一直摸索著那「震動」，如何抖出各自生命旋律，而不像瘋子？震動決定我們高度，高頻能接近神，信嗎？有趣是，音樂倒像神，聞聲，身體容易臣服，比文字魔咒利害多了，忠告編導，別讓音樂、給舞者來得太早。

173

失物二　你如何證明這是你的？

失物待領處

（錄像）失物林林總總、大量假牙、傘子、皮包等等。更多是意料之外：義肢、高跟鞋、結他、婚紗、人骨、獨木舟、寵物。某程度，也反映著時代

職員如常笑臉
職員一手掩鼻、一手勾著一條「馬友鹹魚」
推銷員與少女對峙著，眼盯著鹹魚，示意他們是物主
推銷員挽著古舊的大皮包

員　　　證明！

兩人旋即施展渾身解數，各自證明
推銷員咿咿吔吔，滔滔不絕，吐沒人明白的語言，像詩、咒、粗話。忽爾，推銷員打開大皮包，翻出一隻雞、女性絲襪／內衣褲……又再繪聲繪影，比劃著「鹹魚的一生」，感人肺腑、蕩氣迴腸，最重要是自我感覺良好

少女騷首弄姿，天真自戀，訴說她與鹹魚的複雜關係，越描越亂，不知所謂

少女　　（港式普通話）還好吧。
　　　　我是不是太胖了？
　　　　我是最好的。
　　　　那是我的、我是那的、我的是那、那的是我……

員　　　證明！
　　　　證明！
　　　　證明！

兩人爭奪鹹魚，動武
職員試圖鎮壓，三人糾纏、膠著
突然的歌聲

（歌曲）《大亨》（原唱：徐小鳳）

徐　　　……他也在找，我也在找，找到名利幾多，他拼命追，我拼命追，追
　　　　到又如何，追到甚麼，找到甚麼……

推銷員與少女聽得陶醉、軟化
兩人模仿徐小鳳的獨特唱腔，引吭高歌
兩人變得自戀，化身偶像歌星，互相對唱
兩人鼓動觀眾，慢慢退出舞台

職員如夢初醒
職員倒立，嘗試清唱《大亨》
職員的歌聲，變成一種吶喊、哀號……令人毛骨悚然

陳志樺　備考

錄像多精彩，畢竟、那些失物，我還是喜歡「實物」，台上堆滿真實可見的假牙、義肢、婚紗……尤其喜歡人骨和獨木舟。小鳳姐呢？（後來也用在《牆四十四》）我不是徐粉，但愛那中性聲音，淡然、溫和、從容，就有了共振，那些年那些歌那些人。廣東歌與身體，有另一種風景、另一種關係，尚待人去發揚。「證明」？往深處看，必會觸及身份等等老問題，你關心嗎？關心就可以再掘下去，但可能很痛苦。《失》在多個版本中，我有幸遇過台灣、瑞典舞者，過路人帶著獨特的「文化身體」，身份這東西，很玄妙。

失物待領處

職員仍然倒立，歌聲歇斯底里、折磨著聽眾
老人悄然出現，尋找遺失的假牙
老人嘴巴沒牙，開合收縮，像金魚呼吸
老人粗暴地推倒職員
老人審視職員
老人撬開職員嘴巴，把手指插入查檢……
老人以暴力的肢體語言，表明來意
職員反抗，與老人周旋
兩個身體，精壯與衰敗的博奕，互有勝負

舞 III：假牙 Flamenco

兩個傴僂老婦，蹣跚入
老人與老婦挺起身子，忽爾回春、熱情奔放地大跳 Flamenco
舞蹈如一場祭祀，瘋狂慶祝：青春、肉慾、歡愉
他們手裡持著假牙，成為怪異的伴奏樂器
音樂變奏，牽動著眾生，他們回春又變老、
老了又回春，無常

職員看得心癢，也脫掉制服，加入熱舞
良久
一副巨型「假牙」、滾到老人腳邊停下來

時間停頓

王榮祿　關於老人的失語和慾望。假牙以偽 Flamenco 的樣式出現，咯咯的聲響敲擊出老人原始的慾望。扭動身體的老人／老婦不時轉化成男人／女人，只要找到一絲的機會，慾望總會喚出青春的記憶，感受精力充沛對抗著虛弱無力。這終究是一場昨日的記憶。

老人與老婦回復老態

老人見腳邊假牙，

艱辛又緩慢地彎下腰，試圖撿起假牙

良久，老人指尖幾乎觸及假牙，

突然，老婦人腳下一伸，

假牙滑得老遠

假牙在人腳間踢來踢去，

老人跟著團團轉，狼狽、悲涼，

沒完沒了

一個影子出現，與老人如影隨形

淑女打扮的年輕女子出現，她戴著闊邊帽子，衣著復古

淑女遺失了「情書」來報失

老人仍追著滾動的假牙，意外地來到淑女面前

老人向淑女調情、索吻，影子在模仿他

淑女保持優雅地、回以掌摑，老人避開，影子被掌摑

淑女、老人、影子又一輪古怪的糾纏

一陣狂風，吹走淑女的帽子

帽子在風中舞動

淑女追逐帽子，影子追逐著她，

老人追逐影子……

（聲音）海浪

（剪影）帽子飄到汪洋大海

陳志樺　備考

假牙曾是熱門失物，乃真有其事。作為老去象徵，一件與身體共存的外物，假牙、夠抵死、還多了尷尬。對比 Flamenco 的艷麗高傲，假牙是落泊寒酸？對影自憐？若真有一條牙命，被掉了，就應報復，四處噬人消氣。追悼青春——浮士德式的悲哀，再講一千年也沒完。這場 Flamenco，它在平行宇宙的另一種舞台，定要有熊熊真火、百人祭祀、假牙都流出牙血，熱舞要更熱，其他花款你喜歡，儀式就是儀式，永遠不能死。

（剪影）魚絲正在深海垂釣，勾出離奇物件：高跟鞋、大蜈蚣、情書、女子……

淑女找回帽子，發呆，胡思亂想

職員手上有一封「情書」

員　　（比之前溫柔）證明。

舞 IV：古早情書

（錄像）濕濕的情書，上面化開的文字，無法辨識

淑女以身體，細説她的愛情故事，以證明她是物主
淑女的故事，只有她一個人
情書與影子，連著一根線
情書與影子，如幽靈纏著她
追逐、曖昧，輪迴又輪迴
淑女耗盡氣力，終抓緊情書
情書、是老套庸俗的綿綿情話。抽空後，只剩騷動、和幾個「連接詞」
淑女在恍惚之中，如嘔吐、如病吟……字字皆辛苦：

淑女　　因為……

　　　　然後……

　　　　如果……

　　　　而且……

　　　　所以……

　　　　假如……

　　　　因為……

　　　　最後……

淑女與情書在苦苦廝磨，失儀，任得影子擺布
淑女在自虐的轉動、抖動當中，得到極樂

職員在旁邊，看得渾身發滾
瞬間，職員把一堆撿回來的情書，全給了淑女

萬千情書，如同廢紙，從天而降

王榮祿
一封封的情書化成絮語，瑣碎、朦朧不清飄浮在她的記憶空氣中；一絲透明的魚線微弱連接這份念想，撲向眼睛凝望處，伸手去抓卻在手指間溜走，惦念的人已成一具黑影，情書和黑影飄舞在她的身邊，像漩渦旋轉的力量，讓人無法站穩，身體像信紙一樣被旋起撕扯。

陳志樺 / **周博賢**
古早愛情的 LOST & FOUND，身體對愛情的記憶、常是陳腔、未必有趣。說愛情最好沒有愛情，曖昧、被虐、操弄……連著情書的「那根線」、情話抽空後的「連接詞」，才是遊戲軸心，抹殺其他、色即是空，留白給舞者去填充、去即興，去暴露。現在始終是太溫柔，沒夠狠。七十年代、可為愛情添加質感和調味料，有 Bohemian 有 Hippies， 悉隨尊便。

失物五　呼拉圈

職員倒立，看顛倒世界
一個殘舊的呼拉圈滾動入場

運動員來到失物待領處
運動員曾幾何時，是名選手。現在是平庸的城市人、上班族、蟻奴
職員遞上呼拉圈

員　　證明！

運動員接過呼拉圈
戰戰兢兢，當眾換上昔日的運動衣

舞 V：呼拉圈的呼和拉

運動員努力地證明他是物主
運動員與呼拉圈，完美協作，似在呈現一段奮鬥故事
呼拉圈或變成單車、深淵、隧道或圓形的窗框
技術與汗水、紀律與自由、尊嚴與叛逆
體操、舞蹈、詩意身體，無分彼此
童趣
穿越
羈絆
捨離
優雅
索頸
反抗
最後，呼拉圈套在運動員頸上，不停旋轉，天荒地老

所有戛然而止

運動員若有所悟，放下呼拉圈

良久，運動員向眾致敬，又向職員、呼拉圈致敬

其後，施施然換回衣服，離開

職員目送，不捨

（聲音）隱隱約約、分不清是歡呼聲、還是喝倒彩聲

王榮祿

呼拉圈在虛空中造出的一個環，讓他可以在圈內的虛空，獲得穿越的滿足。他努力挑戰可進入這虛空的各式花招，以絕妙的技巧征服觀眾，他不停地變化，心也跟著變化，但最後呼拉圈仍然只是在虛空中造出一個環。

陳志樺　　　龐智筠

如何看待、運動員與舞者的身體？兩者之間，誰能把「故事」說得更好？霎眼，《呼》像一篇體操與舞蹈的身體論文。轉頭，《呼》又不斷自我顛覆，尋找和諧。還記得那年，這一段，我和王，與舞者排了很久很久……裡面我看到很多可能，也認清，很多「不可能」。

失物待領處

職員抱著女性義肢，盼望物主前來領回它

良久，職員呢呢喃喃

員　　　你唔要佢？

　　　　佢唔要你唔係你唔要佢？

　　　　係你唔要佢唔係佢唔要你？

　　　　你有冇睇實佢呀？

　　　　你唔睇實佢咪走囉……

　　　　證明。

　　　　你睇實佢唔係佢睇實你……

　　　　證明。

　　　　佢唔要你唔係你要佢？

　　　　證明。

　　　　係你唔要佢唔係佢唔要你？

　　　　證明！證明！證明！

義肢蠢蠢欲動……

職員抱著義肢廝磨，思潮起伏

頃刻，職員見肢體（手、頭、身、腳）相繼出現

舞 VI：肢體大團圓

肢體各自游離、證明自己

錯摸與捉迷藏

終發現其他的存在

肢體開始互相模仿、挑戰、揶揄

肢體找到臨時伙伴：頭和手、身和腳。合體、互動、滑稽又荒誕

頭，因有嘴巴，時不胡言亂語

頭　　　望咩望？未見過靚女？

　　　　證明！
　　　　因為。
　　　　然後。
　　　　還有。
　　　　如果。
　　　　而且。
　　　　所以。
　　　　假如。
　　　　因為。
　　　　最後。

忽然，頭發出指令，命全部肢體歸隊，嘗試合體，大團圓

第一次組合，似是個跳健康舞的誘人教練……

頭　　　一、二、三……Five，Six……

第二次組合，似是個信心爆棚的武林高手

頭　　　（港式普通話）我是最——強——的——！中國人不打中國人！

第三次組合，似是個沉默高雅的芭蕾舞者

第四次組合，似是個萬人迷的歌星、超級偶像

合唱　　……叉燒包，誰愛吃剛出籠的叉燒包，誰愛剛出籠的叉燒包……

無論如何，永恆的錯體
合了又分，分了又合
肢體需要依傍、又互相排斥
明明是四不像，仍要黏緊在一起

（燈轉）

現代
車站月台

大叔出現，挽著一個膠袋
大叔神情閃縮，時不審視膠袋內神秘物件
肢體發現了膠袋內的物件，大驚、鳥獸散

王榮祿

手／腳／身／頭各自分
開運動，手不需思考所以只會
做出拍、打、捉、拿、搣；腳沒有
思考所以只會走、跑、跳、踢、踩；身
因有心所以總會主動來回於手腳頭去連
結；頭最愛胡思亂想及發號指令，彼此試
過做出一些組合，有驚天動地、鬼哭狼
嚎、糾纏不清、極度曖昧、十分無聊，
最後仍然還是四分五裂，就這樣
慢慢大家都習慣了。

陳志樺　　備考

舞者以局部肢體（手／
腳／身／頭）表演，動作被放
大，甚有偶戲風格，幽黑、詭異。
《失》來到這一場，戲演得久舞跳得
膩，肢解，意味著解脫、覺察、叛逆。
舞蹈、戲劇、表演藝術的分界定位，都
是沒有意義、消磨能量的嬉戲，正如，
要定義甚麼是「失去」一樣。肢體
是你？腦袋是你？你真的存在
嗎？你是誰？

失物七　膠袋裡的小玩具

··

現在式
某城市的車站
月台上

大叔試圖遺棄膠袋，猶疑不決
大叔身上掛著一部七十年代的小唱機
小唱機播放著沙啞的歌聲

（歌曲）《大亨》（原唱：徐小鳳）

徐　　……何必呢何必呢，可知一切他朝都會身外過，得的多還失的多，升得
　　　　高的終於都會低墮，何必呢何必呢，拋開一切束縛身心韁鎖，且向心內
　　　　仔細追尋，找那安然嘅我……

大叔把膠袋丟掉、轉頭又拾回
膠袋內有神秘物件在律動

乘客陸續進入月台
戴著巨型耳筒的學生妹
帶著幾條鹹魚、問路的遊客
揹著呼拉圈的女子
掛著面譜式笑容的青年……
乘客荒誕又似曾相識，在大城市，見怪不怪

學生妹突然倒下，昏死，無人理會
青年向途人大叫，無人理會

青年　　證明！證明！證明！

（聲音）鐵路廣播、扭曲不明

大叔來到月台，從膠袋掏出一顆人類心臟，仍有律動
大叔抓著心臟，慢慢行近路軌，月台邊緣

（聲音）車聲隆隆漸近
（聲音）震動音頻

大叔把心臟伸出去，迎著即將到臨的火車
大叔不由自主、與心臟共振

眾人也開始震動，身體有話說
抖動，渴望抖出、自身獨特的人生故事

直至失控的臨界點

戛然而止

凝著、靜謐

良久

（燈滅）

（聲音）鐵路廣播

陳志樺　備考

《失》的心臟、假牙、義肢等等小玩具，好用好跳，舞蹈劇場的「物件」運用，回頭望，才是真正戲肉，令我牽腸掛肚，意猶未盡，我還一直幻想「火車」會穿牆而出呢。《失》有緣再演，合該從物件再出發思量，亂世嗎？更應玩物喪志，加集體狂歡，讓儀式復活、共振、就得救。

全劇完

《失物待領》

演出日期：2010 年 8 月 4 日至 8 日
演出地點：葵青劇院黑盒劇場

重演日期：2011 年 7 月 7 日至 8 日
重演地點：青年廣場 Y 綜藝館

重演日期：2014 年 8 月 19 日至 20 日
重演地點：北京國家大劇院小劇場

重演日期：2014 年 9 月 5 日至 6 日
重演地點：澳門曉角實驗室

重演日期：2014 年 11 月 24 日
重演地點：廣州廣粵天地戶外廣場

主辦：不加鎖舞踊館

導演及創作：陳志樺
編舞及創作：王榮祿
首演表演者：王榮祿、林薇薇、曹德寶、廖雅兒

作品年表。

陳志樺

劇場

●●●●●●●●●●●●●●●●●

1988 最後一課

1989 劇作家W
1989年市政局戲劇匯演最佳創作劇本

胸圍100

1990 杰克與杰克的十七歲
1990年加德士青少年獨幕劇創作比賽
優異獎

身體髮膚

1991 食‧人‧麵包

釣鷹
1991年市政局戲劇匯演優異創作劇本及
演藝發展局傑出創作劇本冠軍

老伴侶的戶外活動
1991年沙田戲劇節最佳創作劇本

1992 跳入入跳出出

1994 一隻漂泊的藍拖鞋

1995 一隻漂泊的紅拖鞋

1996 漂泊家庭

1998 猖薩猖鏬搞高搞低
第八屆香港舞台劇獎最佳創作劇本提名及
十大最受歡迎製作

1999 遊‧戲古城

我的殺人故事

男人‧張生‧Romeo

2000 無好死

189

舞蹈劇場

● ● ● ● ● ● ● ● ● ● ● ● ●

作品年表。

陳志樺

作品年表。

陳志樺

翻譯/改編

作品
年表。

錄像 / 微電影 / 數碼劇場
• •

2010 歡樂小小姐

2020 我們的鞋子

　　　 咸蝦仔

2021 第四夜

綜藝
• •

2017 香港電台

　　　《能者舞台非凡夜2017》

　　　 康樂及文化事務署

　　　《2017 丁酉年新界西元宵綵燈會：比武招親》

陳
志樺

究竟

陳志樺

編輯：陳志樺
校對：潘藹婷、Manna Man
編務支援：陳國慧、楊寶霖、郭嘉棋 *
裝幀設計：鄭艷
承印：維生印刷廠有限公司

鳴謝（排名不分先後）：王榮祿、余翰廷、胡海輝、陳國慧、緒方桃子、陳韻怡、
志村聖子、Charlie Yu、劇場工作室、一條褲製作、不加鎖舞踊館

出版：國際演藝評論家協會（香港分會）有限公司
地址：香港九龍石硤尾白田街 30 號賽馬會創意藝術中心 L3-06C 室
電話：(852) 2974 0542
傳真：(852) 2974 0592
網址：www.iatc.com.hk
電郵：iatc@iatc.com.hk

發行：一代匯集

售價：HK$66.6
2022 年 2 月初版

國際書號：978-988-74320-7-4

本書內容全屬虛構。
本書劇本版權由劇作者陳志樺全權擁有。

國際演藝評論家協會（香港分會）為藝發局資助團體
香港藝術發展局全力支持藝術表達自由，本計劃內容並不反映本局意見。

* 藝術製作人員實習計劃由香港藝術發展局資助。

出版：

IATC HONG KONG
International Association
of Theatre Critics (Hong Kong)
國際演藝評論家協會（香港分會）

資助：

香港藝術發展局
Hong Kong Arts Development Council